智启心灵，慧沐生命。

人生智慧丛书，带你走进温暖和澄静。

人生智慧丛书

愿做山间
一泓水

顾　问：金　波
策　划：赵晓龙　杨　才　郝建国
主　编：王爱玲
副主编：焦文旗　张冬青
编　委：赵晓龙　王爱玲　迟崇起　焦文旗
　　　　张冬青　杨易梅　郝建东　符向阳

河北出版传媒集团
河北教育出版社

图书在版编目（CIP）数据

愿做山间一泓水 / 王爱玲主编. —— 石家庄 ：河北
教育出版社，2016.3 （2020.5 重印）

（人生智慧丛书）

ISBN 978-7-5545-2327-8

Ⅰ．①愿… Ⅱ．①王… Ⅲ．①散文集－中国－当代
Ⅳ．①I267

中国版本图书馆CIP数据核字（2016）第051625号

书　　名	**愿做山间一泓水**	
主　　编	王爱玲	
责任编辑	刘书芳	
装帧设计	于　越	
出版发行	河北出版传媒集团	
	河北教育出版社 http://www.hbep.com	
	（石家庄市联盟路705号，050061）	
印　　制	永清县晔盛亚胶印有限公司	
开　　本	880mm×1250mm　1/32	
印　　张	8.25	
字　　数	176千字	
版　　次	2016年3月第1版	
印　　次	2020年5月第4次印刷	
书　　号	ISBN 978-7-5545-2327-8	
定　　价	20.00元	

阅读散文的趣味 | 金波
——《人生智慧丛书》序

　　我希望更多的人有阅读散文的趣味。

　　散文作为一种文学样式，在和其他文学样式的对比中，彰显着它鲜明的特点。特别是把散文和诗加以对比，散文的特点就更加突出了。例如，有这样一些比喻：

　　　　诗是跳舞，散文是走步；

　　　　诗是饮酒，散文是喝水；

　　　　诗是唱歌，散文是说话；

　　　　诗是独白，散文是交谈；

　　　　诗是窗子，散文是房门。

　　这些比喻，从对比中呈现着散文的特征。散文贴近现实生活，所表现的更为具体真实；散文关注的生活很广阔，但表现手法灵活多样；散文可以和各种文学样式相融合，但不会丢失它的本色，同时它又吸纳各种文学样式的特征，形成了散文从题材到技法的丰富性。

　　有人说，散文是一切文学样式的根。我赞成这一看法。因为你无论是写小说、写戏剧、写文艺批评，甚至写哲学、历史著作，都离不开散文。凡是从事写作的人，都得有写作散文的基本功。所以有人又说，写好散文，才能获得作家的"身份证"。

　　写散文是进入文学殿堂必经的门，读散文也是进入文学殿堂必经的门。读散文的趣味很重要。散文可以抒情，可以叙事，可以议论，可以写景，可以状物，各体兼备，风格多样。

我们提倡"自觉的阅读"，不妨从阅读散文开始。喜欢阅读散文的人，会静下心来，会养成慢阅读的好习惯。散文是可以品读的，因为散文最易于形成多样风格，让我们增添一些不同的品味和审美的趣味。

基于此，这套丛书对入选的散文进行了深入的梳理、开掘，以全新的视角，发掘出了独特的价值体系。遴选了十个具有温暖、善美、纯真、禅意特质的主题，用文字和图画来传递人性的真善美，倡导仁爱和谐，表达对生命的探索与诉求。这套"人生智慧丛书"，共十册，包括《跟随内心的声音》《让未来转身》《给心窗点一盏灯》《不忘初心》《别把春天藏在心底》《眺望十年后的自己》《与天真签约》《愿做山间一泓水》《漫画人生》《手绘青春》。

收入本丛书的，都是一些短小的散文，可归属于文学性较强、艺术风格较为鲜明的"美文"。有的朴素简明，有的干净利落，有的妙趣横生，有的深邃启思。我设想有很多的读者（他们可以是从九十九岁到九岁的老少读者），在一个安静的时刻阅读这一篇篇令人安静的散文，用真诚的心态阅读这一篇篇真诚的散文，用享受语言之美的感觉阅读这一篇篇纯美的散文。我们默默地读着，却能在灵府的深处，隐隐地听见语言的韵律，入耳入心，贮之胸臆，久久享用。

阅读散文的趣味一定是隽永的。

二〇一六年新春，于北京

目录

人生三昧

I

坐看云起

自然密码

万象天成

人生三昧

　　问君何能尔？心远地自偏。所谓境由心生，境由心造，心中的风景超凡脱俗，一派清风明月，自然对尘世的喧嚣视而不见，听而不闻。看山神静，观海心阔，水静方能鉴物。沉淀下来，用一颗淡然的心审视浮躁，在宁静中找到属于自我的位置。有好的心境，人生就会有好的风景……

水静方能鉴物

只有在内心保持安静状态时，才能冷静地思考、
平和地处事、正确地判断。

◎崔耕和

古时无镜，常常以水为鉴，临水照人。以水为鉴，一个重要的条件就是水必须静，水静方能鉴物。

现时做人做事，一个重要的境界也是"静"。人静才能观心，人静心不浮，静心能明理。于是有了"以静制动""宁静致远""清静以为天下正"等词语来佐证。

清澈的湖面只有风平浪静时，周边的景物才会倒映其中，显出一幅水天一色的绝美画卷。人也一样，只有在内心保持安静状态时，才能冷静地思考、平和地处事、正确地判断。静可以说是我们在浮躁的社会中保持清醒的重要方式方法。

看武林人士对决过招，那个不急于出手、静观其变的人往往是高手，并且是最后的胜者；看一群人说话，那个默默不语、当别人侃侃而谈充分表露仍一言不发者，可能是个智者，最后往往他说的话一言九鼎，成最后的决议；看一场战争，知己知彼、冷静分析、以逸待劳者取胜的概率肯定大；看一项政策，一以贯之肯定好于朝

令夕改。由此，我们不难看出静的种种妙处。

一辆满载的车和一辆空载的车在街上行驶，我们不用看就能分辨出哪辆是满载。同样，分辨满瓶水和半瓶水，我们闭着眼摇晃一下听听声音就知道。可将此理运用于我们自身却往往不容易分辨了。我们是那么容易佩服聒噪者，一阵子口若悬河，就能让人五体投地；一阵子频频亮相，就可让人心生羡慕，甚至成了"粉丝"。我们全然忘记了，这根本不是以静为根基的智慧。

也难怪，这个社会越来越追求速度和效益了。什么事都讲究立竿见影，什么事都讲究速度就是金钱。于是饮食上有了快餐，学习上有了速成，事业上有了快速和竞争。我们总幻想一口吃个胖子，一夜赶上比尔·盖茨。当急功近利、急于求成、浮躁不安成为主流时，静越来越没有了位置。"树欲静而风不止"，当持续的坚守变成难耐的寂寞时，连我们自己也觉得不正常了。可我们在求快、求速的同时，却又不断品尝着"欲速则不达"的后果，甚至有些后果正逐步变成恶果。

老子说，"静为躁君""躁则失君"。静是躁的主宰，做不到静则失去了主宰。当静的主宰地位发生了动摇，当静成了非常态之后，澄明不再，恬静不再，还谈何鉴物照人？谈何思辨明理？

说 "安"

不以己之长量人之短，也不以己之短妒人之长，
这样的人活在世上，一定是触处无碍的。

◎叶春雷

许慎《说文解字》中对"安"的解释是："安，静也。"《尔雅》曰："安，定也。"《周书·谥法》中说："好和不争曰安。"按照古人的解释，"安"就是"静"，就是"定"，就是"好和不争"。一个人能够做到"安"，不是一件容易的事，这需要长期的修炼。当然我这里所说的修炼，不是躲到深山古刹去修行，而是一种对自己心灵的历练。"安"是需要磨炼的，就像雏鹰需要在风雨中磨炼自己的翅膀一样，我们的心灵，也需要在苦难中磨炼，直到"泰山崩于前而色不改"，这样就自然达到"安"的境界了。

"安"就是这样一种高超的人生境界，没有经历人生历练的人是无法达到"安"之境界的，即使达到也是浅层次的，就像盖房子一样，根基不稳，风一吹是要倒的。

中国有一句古话："树欲静而风不止。"初夏时节，风吹动新长的叶子发出哗啦啦的声响，这时的树是永远也静不了的。风永远是有的，就像人活在世上，各种欲望的挑逗是永远存在的一样。但

是不是说，人就永远无法"安"下来呢？不是的。人是可以"安"下来的，就像风虽然永远存在，树还是可以"安"下来一样。怎么做？树的做法很简单，就是把满树的叶子全部抖落，把满树的枯枝也全部抖落，而只剩下最坚韧的树干。风即使来了，也无法奈何它了。树把风打败了，树"安"下来了。所以，虽然冬天的风刮起来像刀子，但冬天的树却最"安"，或者说最"静"，也最"定"。

树是人的榜样。人求"安"，也应该像树一样，抖落全身的枯枝败叶。人也是一棵树，人身上的枯枝败叶就是人的各种欲望，人把这些欲望抖落了，人的腰就直了，就有韧性了，人面对各种外在的挑逗就会平心静气了，人对一切荣辱得失皆一笑置之，人也就"安"了。

"每临大事有静气"，这是"安"，面对厄运，泰然处之，可以说是一种美德；"一箪食，一瓢饮，在陋巷，人不堪其忧，回也不改其乐"，这也是"安"，安贫乐道，本来就是中国文化人的传统；"一蓑烟雨任平生"，这更是"安"，"问汝平生功业，黄州惠州儋州"，一个人能拿自己的伤疤开涮，这本身就表明他已经"安"下来了。否则，摸着自己的伤疤自怨自艾，作小女人状；或者耿耿于怀，拉开与整个世界为敌的架势，最后伤害到的，却只能是自己。

所以说，一个人想"安"却不一定能"安"，"安"是需要像苏东坡那样，经历黑色幽默般上下沉浮的命运而始终不绝望的历练之后，才可能获得的。可以说，"安"是一个人经历炼狱之后获得的最高贵的礼物。

中国文化强调"和而不同"。"和"是"和谐","不同"是充分尊重个性的差异，只有在充分尊重个性差异的基础上建立起来的和谐，才是最高的和谐。"安"乃"好和不争"，也就是充分尊重个性的差异，不以己之长量人之短，也不以己之短妒人之长，这就是"和"，就是"不争"，这样的人际关系，定是相当和谐的，这样的人活在世上，一定是触处无碍的。

大静大定，与世无争，这就是"安"的境界。这样的境界，老子认为只有"水"能做到。老子说："上善若水。水善利万物而不争，处众人之所恶，故几于道。"水安于卑污低湿的境界，却能利泽万物，海纳百川，致其博大。水之"安"，真的就是"道"的写照。

所以，人应该像水一样，只有"安"，才能"大"。已故著名学者张中行先生写过《顺生论》，先生在文章中强调道家的顺生，这就是"安"。顺应命运的安排，就像大自然顺应四季轮回一样，能"顺"就能"安"，能"安"才能"乐"。所以"安乐"二字，是如此紧密地联系在一起。西方人甚至提出"安乐死"，其实庄子对死亡的达观态度，早就证明了死也是可以快快乐乐的。中国传统文化是一种乐感文化，中国文化人能乐得起来，关键是"顺"，是"安"，是孔子所说的"既来之，则安之"的精神力量在起作用。

"安"的意义这样非凡，但也不要忘了一点——千万不可苟安。当外敌入侵，不顾廉耻苟安甚至做有损人格、国格的事情，只会招来千古骂名。在今天这样千帆相竞的大好时代，不思进取，一味混日子，这样的"安"也应归在苟安之列。

乐在张弛相济时

张而不弛，文武弗能也；弛而不张，文武弗为也。
一张一弛，文武之道也。

◎方　道

偶然地，在一张报纸上看到一篇题为《计算生命》的文章，其中引用了两首诗。一首是苏轼的："无事此静坐，一日是两日。若活七十年，便是百四十。"文章作者解释："宋代文学家苏轼，平时喜欢静坐看书，而且一坐就是半天。"这显然是对苏诗的误读。

苏轼这首诗作于被贬琼州的艰难岁月，本是他"养生经"的一部分。所谓"静坐"，是我国一种传统的保健功，类似佛门坐禅，它要求练功者坐姿端正，含胸拔背，全身放松，自然呼吸，守神静志，意守丹田。这种静坐纯粹是为了养性、养生，与读书毫不相干。"若活七十年，便是百四十"，似乎有点儿"日长似岁闲方觉"的苦味，却更彰显了静坐者风动云动心不动的定力；"无事"而"静坐"，以求"心平气和"，超脱尘世，毕竟不失为一种静以养生的明智之举。"欲令诗语妙，无厌空且静。静故了群动，空故纳万境。"（《送参寥师》)是他文学创作的经验之谈。由于"静"，诗人才能对世间纷繁复杂、变幻多端的事物了然于心；由于"静"才能"空"，从而"神与物游"（刘勰），充分吸纳尘世的种种奇观异景。看来，苏轼的"静坐"，可谓心浮气躁的克星，不独是生命之树的雨露，还是缪斯女神的微笑。

另一首则是苏诗的仿制品："无事此静卧，卧起日将午。若活七十年，只算三十五。"一眼就能看出它从苏诗脱胎而来的痕迹。据说它是"改写苏诗来计算一个爱睡懒觉者的生命"的，这位爱睡懒觉者的"卧功"好生了得。当然，还有比他道行更深的"卧林高手"："打杀长鸣鸡，弹去乌臼鸟。愿得连冥不复曙，一年都一晓。"——他简直像得了嗜睡症，睡得昏天黑地，希望一年睡成一个囫囵觉！总之，他们大概都是以"静卧"养生的。睡得香，睡得甜，自然是一种福气，我很羡慕；我还知道，"废寝"是比"忘食"更可怕的"健康杀手"，非万不得已切不可挑战"熬夜"的极限。但是，睡的时间太长，不仅无法创造财富（似乎还没听说过"天道酬'懒'"），无法丰富人生的历练，恐怕也会有害健康，甚至使嗜睡者到头来成为贫困、疾病的众矢之的。"若活七十年，只算三十五"，这算盘究竟是对生命的安慰，还是嘲弄？可能也是仁者见仁，智者见智了。

其实，苏轼的养生之道很重视"动静结合"。所谓"动"，就是要"劳其筋骨"。他认为，贵人深居简出，好逸恶劳，易受寒暑；农夫小民，辛勤劳作，反倒祛病强身。他自己不仅年轻力壮时喜爱旅游、登山、打猎，就是年过花甲，流放琼州，还忙于开荒种地，采撷野菜，绝不会总是"一坐就是半天"地钻在故纸堆里"计算"生命的价值。

我这个人，"坐功""卧功"都极差，但对这两种功夫很敬重。为的啥？希望强身健体延年益寿呗。"黑发惶惶饥寒苦，白头惕惕疾病磨。"年轻时，害怕挨饿受冻，当然要刻苦读书，努力工作；而今害怕疾病折磨，当然比较注意锻炼身体，增强体质。因此，我好像一直在劳碌奔波，"动"个不停。《礼记·杂记》里有句名言："张而不弛，文武弗能也；弛而不张，文武弗为也。一张一弛，文武之道也。"以前对此"文武之道"只是"知"，没有"行"。近年来，读了《苏轼养生集》，很想学学他那"动静结合"的养生之道。嘿，虽然还远远不曾入门（根本没有达到他所推崇的"空静"境界），倒是感觉较之从前睡眠充足了，作息调和了，张弛有度了，神清气爽了，整天快快活活的了。我最应该表扬自己的是，压根儿就没有去计算"若活七十年，便是百四十"或是"若活七十年，只算三十五"那些未必能对生命有什么用处的糊涂账。听其自然吧。能够平平安安、健健康康地活着，还不就该满足了吗？

取　水

天下没有什么东西是永恒的，也就是说，根本
没有什么事物是恒常不变的。

◎星　竹

六月，佛陀一行走在路上，天气十分炎热，太阳照在头顶，黄
黄的土路上，就像燃烧着一团大火球。大家都觉得口渴难耐，时间
已经到了中午，佛徒们实在是有些走不动了，希望取水做饭，在此
歇息。

佛陀看看头上的太阳，对弟子罗汉说："前边有一条小河，你
去取些水来，大家就在这里等待，暂时都不要走了。"

弟子罗汉提着装水的皮囊来到了小河边，由于天气炎热，一条
小河已经被蒸发得成了一条小溪。而路人都来这里取水，车马还从
小溪中穿梭而过，溪水被弄得十分污浊，下面的黄土全都翻了上来，
水面全是沙子，根本不能喝了。

罗汉无奈，只好提着皮囊回到佛陀的身边，告诉大家那水已经
很脏，无法将它取回来解渴做饭。建议佛陀带领大家继续前行，去
找另一条河。

佛陀看看头上的太阳，再看看疲惫不堪的众人，对罗汉说：

"你还是去那里取些水来吧，上午我们就走到这里，吃了饭我们再赶行程。"

罗汉心想，那条小溪里的水怎么能够喝呢，再去也是浪费时间。但佛陀已经下了指令，他只好提着皮囊再次来到溪边。那溪水依然污浊不堪，上面还漂着一些枯枝烂叶，还是无法食用。

这一次，罗汉不敢空手而归，便从小溪里取了半袋泥水回来。佛陀看了污浊的泥水，对罗汉说："我不是不信任你，你没有必要取半袋泥水回来给我看，而是应该等在那里，等事情自己起变化。"

罗汉说："如果我们去寻找另一处水源，大概就不是这种情况。"

佛陀说："不，这不符合天下人做事的道理。也许另一条河水也是这样，那你又该怎么办呢？现在你再回去，还是到那条河里去取水，这才是最近、最方便的办法，也是我们做事的一贯道理。"

罗汉很是犯难，又不能不回去，便道："师父让我再回去取水，是否有什么办法，使那溪水变得清澈纯净，我将按照师父的指点去做。"

佛陀说："你什么也不要做，只要等在那里就行，否则你将会使溪水变得更为混浊，如果所有人都不进入那条水流，溪水早就有了变化。现在你要做的，只需要等在那里，等它自己变化就行。"

罗汉第三次返回溪边，这时流动的溪水已经带走了枯叶，水里的泥沙也渐渐沉淀下去。只一会儿工夫，整条小溪便变得清澈明亮，一尘不染，纯净至极了。面对这样的情景，罗汉先是惊讶，接着就笑了起来，快乐地取回水来。

佛陀说："今天我还没有向大家讲法开示，罗汉三次取水，就算是我今天向大家的开示吧。"

罗汉惊喜地说："师父的教导真是奇迹，感谢您利用让我取水的事情，给我们上了一课。"

佛陀说："天下没有什么东西是永恒的，也就是说，根本没有什么事物是恒常不变的。只要你看透了这一点儿，你就会懂得耐心地等待，就会明白什么变化都有可能发生。好的，会变成坏的；坏的，也能变成好的。这就是我们说的无常。每一样东西都是转瞬即逝的。所以，作为人，我们没有必要让烦恼长久地停留在我们的内心。一条河水是这样，生活的道理也是这样。不管怎样，泥沙都会沉淀，我们没有必要不快乐。

"如果烦恼过不去，那一定是你自己在扰动，而并非烦恼本身不走。"

茶味·禅味·书味

喝茶、参禅、读书，事异而理同，殊途而同归，
都要有颗淡泊宁静的心才能得其真谛。

◎李光乾

在中国，只要稍有点儿文化常识的人都知道"茶禅一味"。

三毛有这样一段话："阿拉伯人饮茶必饮三道。第一道苦若生命，第二道甜似爱情，第三道淡如微风。"

大理白族也喜爱三道茶，其实芸芸众生都喜爱三道茶，只是很少有人饮出个中三昧。原来多数人都是借它解暑止渴而心急火燎地喝，没有找到饮茶时的心境。日本茶道的鼻祖珠光，曾是一休和尚的门下，经由一休点拨，终于悟得饮茶时的心境："柳绿花红。"也就是静静地欣赏、品尝正呈现于眼前的自然、人生的滋味。茶味、禅味，茶禅一味，它需放松心情，忘却烦恼，悠悠地呷，细细地品，慢慢地咽，任那一缕馥郁的香气沁入胸腔、浸入肺腑，缭绕于九曲回肠，然后化作一股清风飘出口外。当那馥郁的香味由浓到淡，四周由喧嚣到寂静，只剩你一人独对空杯时，你就会醒悟：原来人生就是一杯茶，不论怎样浓酽芳香，都有味淡如水的一天；不论怎样位高权重，都要退出生活的舞台；不论贵贱贤愚，都要"荒冢一堆

草埋了"。这时你就会理解出家人为什么四海为家，孙中山为什么不置家产，比尔·盖茨为什么捐光四百亿家产。你就会心平气和地面对眼前的一切，不会抱怨自己的地位财富不如人，不会为那转瞬即逝的蜗角虚名、蝇头微利而寝食不安，不会跑官、要官、四处投机钻营。"人到无求品自高"，这时你就没了羁绊，没了挂碍，功名利禄诱惑不了你，酒色财宝迷惑不了你，横厄困穷吓不倒你。"为吏为官皆是梦"，当你对一切都看淡后，你就能宠辱不惊，得失不忧，去留无意，屈伸随心，从而处处沐清风，日日是好日，俨然再世神仙。

　　能由喝茶得出如此感悟的就是禅味了。这禅味就是寂静淡泊，清心寡欲，不见财起意，不见色动心。《心经》云："色即是空，空即是色，色不异空，空不异色。"一切色都源于"心"，当"心"不再执着于"色"，即不被花花世界迷惑时，心就空了。僧人悟道最讲究心空，有首偈语是这样说的："十方同聚会，个个学无为。此是选佛场，心空及第归。"只要心空，你就是成佛作祖的高僧，就能酒肉穿肠过，佛祖心中留；倘若心不空，满肚男盗女娼，贪、嗔、痴、怨，即便日日诵经拜佛也是个俗人。难怪赵州禅师对前来参禅的人说："吃茶去！"修行悟道者是否心空眼空六根清净，就像喝茶一样，甘苦自知。

　　而书味却非一个"淡"字就能概括，不同的书给人的味道是不同的，古人对书中三味的解释是："诗书味之太羹（肉汁），史为折俎（切肉），子为醯醢（肉酱）。"当代的书籍更是种类繁多，味道各异。读经典名著，如吃满汉全席；读历史书籍，如品陈年佳酿；读游记随笔，如尝风味小吃；读名人传记，如喝八宝粥；读笑

话故事，如嗑多味瓜子；读精粹散文，如嚼五香花生。读书就是要从艺术的真实中发现生活的真实，从作品中看到自己的影子，从字里行间读出作者的言外之意、象外之趣，从而获得人生的启迪，只有这样，才算读出书味。而在急功近利、人心浮躁的今天，倘没一颗淡泊宁静的心，只想装点门面、附庸风雅，是万难读出书味的。同理，那种不分优劣，见书就读的人也难读出书味。培根说："有些书可供一尝，有些书可以吞下，有不多的几部分书则应咀嚼消化。这就是说，有些书只要读它们的一部分就够了；有些书可以全读，但是不必过于细心地读；还有不多的几部书则应全读、勤读，而且用心地读。"唯其如此，才能读出书味。

喝茶、参禅、读书，事异而理同，殊途而同归，都要有颗淡泊宁静的心才能得其真谛。推而广之，为官、教书、治学，世间万事，哪样不要颗淡泊宁静的心呢？

水井·池塘·大海

池塘边有一口水井，池塘干涸了，而水井里依
然有水。

◎黄小平

池塘边有一口水井，池塘干涸了，而水井里依然有水。

"池塘里的水多，而水井里的水少，为什么池塘干涸了，而水井却没有干涸呢？"弟子问。

"因为水井里的水有一颗平静的心。"大师说。

"大海不平静，大海每天都在激荡澎湃，为什么大海不会干涸呢？"弟子又问。

"因为大海有宽阔的心胸，所有的骚动、不安，都会被它宽阔的心胸化解、消融。"大师答道。

留　白

让读者在想象中去补充情节，完整形象；让人
们在回味中去体味意义，品味价值。

◎陈祥书　王世美

　　无论是精妙的书法，还是漂亮的绘画，都讲究留白；无论是精彩的表演，还是美妙的音乐，都要留有空白。大千世界，万事万物，大概无一不是如此。而人作为万物之灵，要想改造自然，当然就不会例外；要想创造世界，自然就更应如此。

　　大凡留白，都是有意为之的，有其目的的。目的可能会多种多样，但核心只有一个，那就是为了整个布局效果倍增。中国的书法，用墨切割成各种形体的空白，就是为了全局更匀称、更好看。为避两虎相斗，先国家之急，每逢上朝时，蔺相如经常称说有病，主动回避廉颇，留下位次的空白；为了将相之团结，国家之强大，每当出门时，蔺相如远远望见廉颇，就掉转车头躲开，留下争斗的空白。

　　不仅如此，留白，还为了整体更美。可以说，美是艺术的生命，美是人生的灵魂。大凡艺术，都追求整体美。中国的国画，讲究留下各种空白，就是为了整体更漂亮；讲究留有恰当空白，就是为了整体更中看。同样，大凡人生，也都追求整体美。中国唯一的女皇

武则天，生前为自己立下了一块无字碑，对自己的功过是非未做任何评价，可谓留下了明智的空白。虽未做任何评价，但评价尽在不言之中，创造了"此时无声胜有声"的艺术效果。

留白，是一种艺术。它不能随心所欲、随随便便的，而是要精心设计、巧妙安排的；不能敷衍了事、马马虎虎的，而是要奇妙构思、艺术处理的。比如表演，何时是静态造型（留有整体空白），何时是动态展示（不留一丝空白），都要精心设计，不可敷衍了事；何时万籁俱静（整体一片空白），何时鼓乐齐鸣（没有一点儿空白），总要反复揣摩，不能草率从事；何时以静态为主（形成空白主体），何时以动态为主（间杂一点儿空白），总要巧妙设计，不可随意而为。

留白，更是一种境界。留白留得好，能提高作品档次，使之进入更高的层次；留白留得妙，能提升人们的品位，使之进入更高的层面。譬如演讲，就要十分讲究语音的抑扬顿挫。具体而言，一要讲究高低起伏，注重留有空白，给人留有回味的余地，不能一高到底，形成噪声；二要讲究停顿转折，注意留有空白，给人留有思考的空间，不能像打机关枪似的，扫射不停。如此，可以提高演讲的层次、提升演讲的效果，同时展现演讲者的水平、丰满演讲者的形象。

留白，要恰到好处，不是越多越好，也不是越少越好。因为太多了，就可能繁杂，不会美，甚至还会破坏美；而太少了，就可能不足，不够美，甚或影响美。所以，只有不多不少，才能够美，才可能最美。例如音乐，没有休止符不美，但休止符太多也不美；没有延音线不好，但延音线太多也不好；没有低音不妙，但低音太多也不妙。因此，只有恰到好处，才能构成美妙的音乐。

不仅如此，留白，更要讲究巧妙。留白，是一种奇思妙想，是一种独特发现，是一种奇巧构思，是一种奇特创造。留白，不是随意的点缀，而是巧妙的设计；不是随便的抛出，而是精心的构思。比如，《项链》的结尾就非常巧妙：在点出项链是假的之后，就戛然而止，留有想象的空间，给读者以回味的余地。让读者在想象中去补充情节，完整形象；让人们在回味中去体味意义，品味价值。因而，想象常常超出作者的创造，回味也往往能超越作品本身。

留白，除了要留得恰当、留得巧妙之外，还要顺其自然，不能生搬硬套，为留而留。只有留得自然、恰当与巧妙，才能留得最佳，留得最美。只有留得最佳，留得最美，才能使全局最好，整体最美。

清静在心，出世去名

远离是非牵绊，走出功名泥沼，自己的真心才
能流露出来。

◎马国福

几年前，河北的一位好友新书出版后给我寄来一本，他在扉页上写道：岁月静好。"岁月静好"，如水仙，似幽兰，正契合我纷繁背后寄情于宁静的心。论写作功底，他比我扎实；论名气，他红遍国内一流刊物。简单的题签衬托着他淡定宁静的心，他的文字给我很多教诲。我常常借着夜色，在一些仁者的智慧中审视自己肤浅的心。

只有在夜晚的时候，远离尘世的喧嚣，一个人，心无旁骛，才能真正静下来。这个时候，我常常独自坐在阳台上，仰望星空，审视自己的内心。夜色如帚，扫去白天尘世的喧嚣和妄心，我觉得这时自己才属于自己。远离是非牵绊，走出功名泥沼，自己的真心才能流露出来。当此之际，才觉得精神十分舒畅，清静之心如天际星辰，油然而生。一些喧嚣中隐藏的幸福，因清静，如云雾背后的星辰慢慢显露出来。这是多么丰富而又幸福的时刻啊。简单易得而又放手即逝。

了心当了事，如根拔而草不生；逃世不逃名，似膻存而虫仍集。了净其心，事情自然不再纠缠，这就像斩草除根后草不再生长；逃避世俗，而摆脱不了对名声的偏好，这好似腥膻仍存，而蚊虫还会聚集过来。曾经在一家饭店门口看到这样一副对联：为名忙，为利忙，忙中偷闲且喝一杯茶去；劳心苦，劳力苦，苦中作乐再斟两壶酒来。名利是俗的，有浓艳的色彩在其中，但是忙里偷闲的一杯茶是淡的，有看透人世浮华的一份清静氤氲在其中；劳心劳力是苦的，但苦中作乐的那份心境是豁达悠然的。说一个人不在意名利是假的，但是在满足基本生活的基础上，能拿得起、放得下的那份从容却是真实可贵的。山谷里不起眼的角落自生自灭的幽兰，从不在意别人的欣赏和赞叹，它开放并不是为了博得蜂蝶的青睐，游人的赞美，而是为了生命茎脉里"尘俗宜远，古朴是亲"的那种气质。因了这份高雅气质，它与天地草木同芳，与江河山川共美。大美不言，静悄悄地开，静悄悄地谢，一缕香魂忘我地在天地之间悠然绽放。

　　斩除蔓延在生命原野的贪婪藤蔓，赏心只要三两枝，三两枝足以让精神的庭院蓬荜生辉；摆脱名利的腥膻，自然不会像蚊虫追腥逐臭，污染幽兰一样的清静之美。

　　清闲淡定，明心见性。人在宁静的时候，思想清明透彻，最能看清内心世界；人在悠闲的时候，行为最大方，最能流露真心；人在恬淡的时候，谦逊平和最能体会纯真的趣味。在这个物质膨胀的年代，清闲不易，淡定更难。别人去享受牛排红酒，我却在宁静的夜空，品尝粮食蔬菜，吃粮食蔬菜的时候灵魂却在升华！

　　人类最大的痛苦在于，需要的不多，想要的太多。这常常让人生显得外表风光，内心悲凉。因为得不到啊，所以痛苦。我不去比较，也不去攀附，也不在意是否有酸葡萄打中我的头，我知道在清静的世界里牛排奢靡、美酒涩口。越是计较，心越是不安，一些清淡的幸福因那份艳丽而褪色失重。我深深地明白痛苦是计较出来的，我只珍惜这个夜晚宁静灯光下的那份清静、丰富和悠远。

三分月色随云去，一缕清风入窗来。夜凉如水，想必这个繁华的城市，许多人已进入了他们缤纷的梦境吧，而我独坐城市一隅，忘却繁华纷扰，得天独大。不由得想起多年前刚步入社会，偶遇一乡村说书艺人。命运大起大落的老艺人赠我一副对联：心上事何谓心上事，何须悬心上？身外物不过身外物，不妨抛身外！

这一刻，纵有霓虹万丈而我有宁静盈室，静虚至极；这一刻，纵有美酒千杯而我心如止水，天地朗阔。

人生要八戒，更须悟空

天亮睁开眼，还活着，真好；天黑闭上眼，睡
得着，值了。

◎王　波

人生在世，在某种程度上讲就是欲望得到满足与失落的不断交错。人活在世界上，总是会有这样那样的欲望，于是便不知不觉地在欲望的海洋中沉浮着。

1943年，美国心理学家亚伯拉罕·马斯洛在他的论文《人类激励理论》中提出了著名的需要层次理论。他把人类的需求分成了生理需求、安全需求、社交需求、尊重需求和自我实现需求五类，依次由较低层次到较高层次排列。这五个层次的需求或者说是欲望，如果我们仔细想来的话，在每个人的生活里都无法回避，而由此衍生的金钱欲、名利欲、权力欲、占有欲……更是在我们的人生中剪不断，理还乱。

最近读到一副对联，觉得对人生颇有指导和规诫的意义。其联曰：鸟在笼中，恨关羽不能张飞；人处世上，要八戒更须悟空。该联虽有出律处，但构思却颇巧妙，分别嵌入了《三国演义》与《西游记》中人物的姓名，又巧用了双关。尤其下联，更是引人深思。《西

游记》中当猪八戒被唐僧收为徒弟时，他自己说："受了菩萨戒行，断了五荤三厌。"于是唐僧为其取了别名，唤作八戒。猪八戒所说的"五荤三厌"，属宗教戒条，其中规定八种食物信徒不准食用。五荤，指佛教忌食的五种辛辣蔬菜，即大蒜、小蒜、兴渠、慈葱、茗葱；三厌，道教把雁、狗、乌龟作为不能吃的三种动物，列为教条。道教认为"雁有夫妇之伦，狗有扈主之谊，乌龟有君臣忠敬之心，故不忍食"。厌，在此是不忍食之意。

不过，这五荤三厌是佛道二教的混合物，而佛教的"八戒"实际另有所指。"八戒"全称"八斋戒"，是佛教为在家的男女信众制定的八项戒条，包括不杀生，不偷盗，不淫欲，不妄语，不饮酒，不眠坐高广华丽之床，不装扮、打扮及视听歌舞，不食非时食（即过午不食）。

这"八戒"对于我们每个人来说，要一一做到，确实很难。可是在我看来，其指导和规诫意义在于，它提示我们人生有一些事情是不能去做的，毕竟"君子有所为，有所不为"。杀生偷盗、淫欲妄语、饮酒过度、醉心于灯红酒绿之中，无论何时都该是人生的禁忌。

关于"悟空"的意思，按照佛教的观点，众生之所以陷溺于生死轮回的苦海而不能自拔，就在于先天元始而有的"无明"遮障了佛智，使人执着于尘世诸色，贪恋荣华富贵，至死不悟。要破除"无明"，必须窥破红尘，证悟"空"谛，意识到我、法皆空。所以，从某种意义上说，佛学也是"空"学，"空"字乃佛门教义的根基。如果不参悟空谛，纵然读遍佛经，也不能成佛。正是有鉴于此，菩提祖师为孙猴子起了"悟空"的法名。孙悟空到最后倒也真的就"悟空"而成为"斗战胜佛"。

人活世上，其实也该"悟空"，虽如此说来，并非让人领悟佛学真谛而成佛。我觉得，人生须悟空的规诫意义在于应该把一切都看得平淡些，不必汲汲于功名利禄，以免成为欲望的阶下囚。也许会有疑问者说，若真如此人生如何能够成功呢？我们不妨仔细想想，平安快乐的人生何尝不是成功的人生？

《水浒传》里"征方腊损兵折将"的惨烈过后，剩下人物命运那一句轻描淡写的"无疾而终"，是多么难能可贵，也让我们为这些人的命运长出了一口气，甚至为他们暗自庆幸。

人生短暂，何必呢？倒不如求个安然淡定。天亮睁开眼，还活着，真好；天黑闭上眼，睡得着，值了。

茶禅一味

浓涩人生、清淡日子、流年岁月中，一份宁静、
一份悠然、一份感悟尽在一盏清茶中。

◎苗向东

古来素有"茶禅一味"之说。茶禅一味，是人间难得的境界，是多少人一生向往的境界。茶禅始于中国，发扬光大于日本。"茶禅一味"被视为日本茶道的最高境界，成为日本高僧的生命哲学。

茶自古就和禅联系在一起，诗人苏东坡云："茶笋尽禅味，松杉真法音。"说的就是茶中有禅，茶禅一味。茶对禅宗而言，既是养生用具，又是得悟途径，更是体道法门。茶是世俗生活与宗教境界之间的中介体，它们的关系堪称水乳交融，相辅相成。

茶如果只像开水一样仅是解渴，或只像咖啡一样仅是提神，断不能由单纯的物质成为文化的载体。像修禅那样去品茶，才能知道好茶的精妙。茶道的目的不是饮茶止渴，也不是鉴别茶质的优劣。茶能清心去火，禅能静心明性，从而达到内心世界的闲寂、恬静。茶中有禅，茶禅一心，更能清静人的灵魂。

要真正理解茶禅一味，全靠自己去体会。体会就是悟，在"悟"这一点上茶与禅有了它们的共同之点。所谓"凡体验有得处，皆是

悟"，"必工夫不断，悟头始出"。这种体会可以通过茶事复杂的程序和仪式去感受。碾茶过程中的轻拉慢推，煮茶时的三沸判定，点茶时的提壶高注，饮茶过程中的观色品味，都借助事茶、体悟、佛性，喝进大自然的精华，换来脑清神爽，爽生出一缕缕佛国美景。

禅茶的深厚基础，缘于真实体验的深刻性。这种境界体现于一杯茶中，在一杯里，你喝出的是人生的味道。人的灵魂总是被太多太多的事情束缚着，如果你不能静心与专注，那么"我"就会可厌地指挥你去盘算计较房子、票子、领导、客户、名望和利益。你只知有我而不知有他，这样的人虽锦衣玉食也是白活。只要静心坐下，排除杂念，体味如茶道一般的禅道，就能顿悟。禅像自然一样的充实和虚空，像风一样的灵动和自由，像庖丁解牛般从容穿梭于琐事俗事的缝隙之间，不受尘网的羁绊。让你的心灵时刻感觉着生活的美好，鸟之唱、风之吟、云之游都能让你由衷地赞美生命。当你真正能做到如如不动后，就好像佛堂里的木鱼，永远睁着觉醒的眼睛。

茶禅一味，讲求意境，是建立在喝茶基础上的心理意志修炼；讲求放下，在品茶时放下世间一切名利、地位等种种纷扰，专心体会清静超脱。能够时时保持清醒和觉悟，是走向大我、走向禅境的必经之路。人世间，浮华的诱惑也好，功名的利诱也罢，多一分淡泊，得一分宁静，自然就有了超凡脱俗的意境，就有了定力。茶与禅的相通之处还在于追求它们精神境界的提纯和升华。品的是茶，品的是生活，体味的是人生之旅。禅僧高士能悟得禅理、茶性之间个中之味，与其本身的修养及其美学境界有关。他们注重精神追求，淡泊物质享受和功利名分。这是他们得以保持那份清纯心境，以随时进入艺术境界的前提。因而，这是一种纯粹美的意境，还可以通过对茶诗、茶联的品位去参悟。禅宗的理想境界是将思想融化在日常生活中，浓涩人生、清淡日子、流年岁月中，一份宁静、一份悠然、一份感悟尽在一盏清茶中。

赵州和尚用一句"吃茶去"对待人们的一切问题，"吃茶去"是要打断问者的平常思维，叫人把一切缠绕于心的人世烦恼苦难悬置起来，以空虚清明的心境去过日常生活。这样，你就和禅在一起了。坐在屋前阳光下，泡一杯茶，不说话，久久，久久……最终达到喝茶让你静了心，清了志，明了理，让你的心灵和行动更加和谐与统一。杯子里倒映着蓝天白云。有时候，禅会对我说，这里面，有一个世界。

"茶禅一味"是法语，是机锋，是禅意，是高深无垠的智慧，是难以穷极的真谛，是探索不完的秘籍。

佛家云："日日是好日。"读禅喝茶的日子，云淡风轻，心无挂碍。让"吃茶去"成为我们的口头禅吧！

愿做山间一泓水

它少少地纳，缓缓地淌，看似迟钝，实际上它
在敏锐地观察这个纷杂的世界。

◎段奇清

忘不了山间那一泓水。

那日，与一友人在一风景区旅游。渐行渐远，已不见人影，转
过一条小径，忽有一泓水，宛然一面镜子映入眼帘，水阔只在方丈
之间。时值初春，只见冰皮始解，波色乍明，鳞波层层，清澈见底。
我的心灵一阵悸动，禁不住叹道："这是一泓怎样展示着自己生命
之奇丽瑰美的水啊！"

朋友沉吟："美纵然是美，你不觉得它太小了吗？""小，正
是它的精妙之处！"我说，"小，并不妨碍它明灭萤火，并不妨碍
它让人观瞻风行；也不影响它盛放太阳，更不影响它让人吸纳那富
氧的空气——小中却氤氲着一种不凡和大气哟！"

朋友说："你说得倒也是，但它也实在是太僻静了。""僻静，
更是它的奇妙之处。"我又连忙接话，"僻静，没有猫叫狗吠之烦，
没有吆五喝六之恼。喜观峻岩钩心斗角，便益发能感受到那钩斗之
奇趣；倾听风前鸟鸣虫叫，便更能体会到那鸣叫之俊朗。五月生菌

苔，落英浮碧波，正好静收寻奇探幽的男孩儿女孩儿那清丽的争捉之笑颜。"

朋友有些释然，可他依旧有疑惑："它是否太寂寂无名了？"此时，我倒显得有几分悠然，我说："是的，它不知其他，其他也不知它。它不知道南山还有不老松在静观云卷云舒、花开花落中那么长寿，甚或不知道时间可以催人老。正因为它不知这些，这些也不知它，它才能纳竹听露响，容菊赏清瘦；才会识'雀爪文'，诵'云锦诗'。故而，它会以更加淡泊、更为坦然的姿态面世，它把需求降到最低点，快乐却随之变得更宽阔。这才是一种幸福啊！"

朋友欣然，他沉思片刻，双眼明亮似星斗，说："我懂了！这泓水面积虽小，所处位置虽偏僻，在世上并不为多少人所知，但它有爱，有幸福，有谐趣，有满足，有陶醉。它享有过，而今在返璞归真中又品享着自由自在——它能让人从它那波澜不惊中读出一种不朽的生命宣言。"友人还说，"它少少地纳，缓缓地淌，看似迟钝，实际上它在敏锐地观察这个纷杂的世界。它真诚、恳挚，与一切亲近它的亲近，与所有拥抱它的拥抱，它率真而又恬淡的日子过得实在是有意义。"

"不错，生活也许真是一场比赛，但最快的并非一定总赢。大自然有大自然的法则和规律，譬如，天有经纬而自检行为，朝露或落雨后而日出。于是，便有银珠满缀，齐放光芒，一个太阳生无数太阳；可太阳定然吸纳银珠，无数太阳最终还是一个太阳。恒河沙数也好，风驰电掣也罢，无论是多与少，还是快与慢，皆不过是表象，而具有本质意义的法则和规律，才是世间万物的主宰。"我朗朗而语，"还有，小、偏僻、无名，其实这些才最易体验心境以观察现实，以我观我而我自知，自知乃于喧嚣尘世朗朗自立。"

朋友凝视我，我也凝视朋友。我欣喜万分——生活的要害、生命的真谛总会为人所接受，总会为人所知晓。

朋友说："如此说来，我真愿做山间这一泓水。"我说："我亦然。"

心静还需心净

心净了才能真正做到心静，这样的人才会有正确的人生态度，面对一切才能从容淡定。

◎林来生

近日去拜访一位曾居官位的老者，年近九旬，身板硬朗。在位时严于律己，两袖清风，受人尊重；退休后研习书画，成绩斐然，作品多次参加全国老年书画展览并获奖。我请教他寿高笔健的养生秘方，他笑着说："哪儿有啥秘方？我有一点儿感受，就是无论做人做事，只有心静和心净才轻松自在。"我一琢磨，心静和心净，这个养生体会有道理、有意义，使人感悟，给人启迪！

心静，就是内心宁静、平静，心思安静，保持一种清明、清爽的心态。古往今来，大凡有所成就的人，无不把"静以修身""宁静致远"奉为"座右铭"，借以磨炼淡泊明志的心胸、高风亮节的气度。可以说，心静，是塑造人格魅力、加强思想道德修养的一项传统原则。心净，就是内心清净，是一种对功利和私念的超越，体现出对生活的从容和淡泊。它可以沉淀出生活中的纷繁和浮躁，过滤掉人性中的肤浅和粗俗。有人说：心净是佛、道、儒参禅修身的最高境界，也是人生最宝贵的心得。

心静与心净，是相互关联、相互促进的。心静是表象，心净是根本。心不净，心静也是一时的、表面的；只有心净了，心才能静得自然、长久。所以，心净了才能真正做到心静，这样的人才会有正确的人生态度，面对一切才能从容淡定。那么，如何才能做到心净呢？

要心净，必须节欲。德国哲学家叔本华曾说："人的生命是团欲望，欲望不能满足便痛苦。"从这个角度来说，无欲最好。但没有欲望的人生既是不现实的，也是不健康的。而欲望可以减少、可以节制。自古以来，先贤都提倡少欲、戒欲。孔子就告诫人们，"戒之在得""无欲则刚"。佛经也有"多欲非道，道当知足"的教义。程子曾说"节嗜欲"，就是奉劝人们应远离名利物欲，不要奢求它。托尔斯泰说得更明确："欲望越小，人生就越幸福。"这些说明一个道理：人的欲望就像自己映在地上的影子，是永远追不上的，只有加以节制、限制，使欲望在主、客观允许的范围滋长，你的心才能平静、纯净。

要心净，必须拒惑。人是生活在凡尘中的，在这个五彩缤纷的世界里，很多时候人的眼里、嘴里、耳里、心里塞满了太多的诱惑。这些名、权、利、酒、色等诱惑像海妖的"歌声"一样，搅得人心慌意乱，心神不宁。有人这样形容：诱惑像火，心静如水。水可以灭火，理智可以控制欲念。只有将诱惑的烈火浇灭了，人的心才能清静、干净。所以，抵制诱惑不仅态度要坚决、意志要坚定，而且方法要正确。这样斩断了思想上的名缰利锁，解开了心理上的恩怨，去掉了德行上的拖累，人才能进入一种极静的境界、一种极佳的心境，获得真正的心净。

　　要心净，必须善比。人为什么会心不净？在很大程度上就是攀比不当引起的。要人不攀不比是不可能的，可人性的一个普遍弱点却是习惯于往上比，眼睛往上盯，这样越比就越想不通，心理就越不平衡。古人有"耳目见闻为外贼，情欲意识为内贼"的比喻，盲目攀比就是"耳目见闻"引来的外贼，外贼不除，何来心净？我国著名的"补白大王"郑逸梅先生一生屡遭坎坷，不但著述颇丰，还活到九十八岁。他心净的秘诀就是："不与富交，我不贫；不与贵交，我不贱。自感不贫不贱，就能常处乐境，于身心有益。"所以，人到老年，要尽量做到少比为佳、善比为贵，这样才能心平气和地做好自己的事情，心清气爽地过好自己的日子，心旷神怡地度过自己的晚年。

做你自己的禅师

只要肯努力，肯付出，禅师会离你越来越近，
直至和你合二为一，融为一个整体。

◎李克升

年少时，他听父亲说起禅，很高深、很神奇的样子，且一副敬畏的神态。他问父亲："什么是禅？"父亲没有直接回答他的问题，却说："禅，在禅师那里。"

他又问父亲："禅师在哪里？"父亲静默了片刻，抬手一指说："禅师在每一个人前行的路上。找到适合你的禅师，就等于找到了成功之路。"

哪个少年不渴望花团锦簇？哪个少年不向往星光大道？自此，他做梦都想找到适合自己的禅师，为这个目标他付出了数不清的努力和艰辛。

颇感庆幸的是，在人生接下来的第一个十年里，有人添柴助燃，为他引见了一位禅师。来到禅师面前，他略带羞涩地低着头，说明了自己的来意，虚心再虚心地求教。孰料禅师说："我不是你的禅师。"他惊讶地一颤，还要问什么，禅师挥了挥手，接着说，"前行的路刚刚开始，哪能这么容易就找到适合你的禅师呢？"

哦，也许自己真的是太性急了，也许自己的付出还不够，他为自己的鲁莽，更为自己的急功近利而惭愧。但他坚信自己和禅师有缘，禅师就在不远处，正拈花微笑。于是，他不再接受别人引荐，他决心凭借自己的才气和毅力，透过滚滚红尘，找到适合自己的那位禅师。

在第二个十年里，他果真又找到了一位禅师。他自信这位禅师，就是适合自己的禅师。他暗暗给自己鼓劲说：天不负，地不负，我不负。可这位禅师同样说："我不是你的禅师。"他同样不解。禅师说："天不负，地不负，可天地之间还有空气！有向前方的路，也有去上方的路。人生旅途，你走了有多远？"

禅师的话，点点面面、深深浅浅、虚虚实实、回回旋旋，但终究不是自己的禅师。他唯有继续寻找，在前行、直行或者回行的交错中识别着、磨炼着。人生的又一个十年，就这样过去了。

嗯，是过去了，像一缕青烟、一阵微风，在记忆中飘散。不说他的家庭，不说他的事业，不说他的财富，不说他的健康，也不说他的朋友，单说有这么一天，他回乡下看望父亲。冬日暖阳中，父亲已成白发老翁，他也有了些许白发。父亲问："找着你自己的禅师了吗？"他说："找着了。"父亲又问："在哪里？"他指了指自己："我就是。"

父亲"哦"了一声，说："那，我也是。"

庭院里，父子二人对望一眼，意味深长地笑了。

人世间，寻找禅师的过程，就是自我修炼的过程。只要肯努力，肯付出，禅师会离你越来越近，直至和你合二为一，融为一个整体。

茫茫人海中，你就是你自己的禅师。

仙风道骨 "一"

做"1"霹雳数坛，做"一"销魂文坛，能兼上
这两条的，该不该敬重，你说吧。

◎潘国本

一竖是它，一横也是它，站不改姓卧不改名的，只有它。

做"1"霹雳数坛，做"一"销魂文坛，能兼上这两条的，该不该敬重，你说吧。

作为数量的起始，"1"是那么个小辈，又那样瘦小，却接过一切数量基石的重任，承担从无到有的突破，开创"一元复始，万象更新"。有了1，才有2，有3，有百、千、万。一切事物只要想起数量关系，就与1密不可分了。单位圆借助它构建，数轴和坐标系借助它构造。 正是在1的进取中，才出现风流的圆周率 π ，才出现自然对数的底 e，才拓展出美妙的无理数世界和虚数世界，才建立起带小数、含分数、佩根号、执负号、戴指数……这样一个朝气蓬勃的数学大家庭。

"1"拥有这么庞大的事业，却那么低调；"1"那么低调，却又有这么强的凝聚力。这给我们怎样做人，是不是也该有点儿启示？

在数学界，也许"0"的出镜率并不比"1"少，但许多时候，0只是个帮办，只在哄抬。而1，绝对一滴水一个泡，不卑，不亢，当你加上1或者减去1的时候，不急不怠，都在徐徐地给你上升，徐徐地给你下降，要是这样地加、减而不舍，同样把你带进非常世界。当你乘以1或者除以1的时候，换了其他的数，非搅得你翻天覆地不可，1不，1尊重本原，无意改变对方意志。太多的数，有了方幂，立即浮躁，不是膨化如爆炸，就是锐减如泄气。唯有1，任你给它多少（实数）次方，像成了佛，坚守着自我。应该算条汉子了吧，这样本分，这样厚道。

"1"这样告诉我们：渺小不等于没有力量，平淡也不一定失去大作为。

走进汉字世界，它便有了大名"一"。"一"作为一个实实在在的词，并非像"的""了"那样，只是文字的添加剂。任何文章中，我们找不上比它更忙碌的了：出示最小是一，代表全部是一，数一数二颂一，独一无二赞一，一点一滴一丝一缕，一概一切一统一律，都有一，最简单的是一，最复杂、最庞大的，也只要一个一已足以概括。一这样活泼，这样快活，这样有尊严。

我是一，你是一，一粒芝麻是一，一个宇宙也是一。一杂于亿、兆之中，既不傲慢，也不浅薄。于是，"一笔"可以"勾销"，"一鸣"可以"惊人"，"一本"可以"万利"，纵使"一夫当关"，也有让"万夫莫开"的时候。一个人，再有这等自信，也够有尊严的了。

总觉得它像一位不俗的诗人。以一述怀，"一叫一回肠一断"（唐·李白），悲愁了得；以一状物，"一声梧叶一声秋，一点芭蕉一点愁"（元·徐再思），入木三分；十个一集聚，"一帆一桨一渔舟，一个渔翁一钓钩。一俯一仰一场笑，一江明月一江秋"——那是苏东坡，他赶到渡口船已离岸，船家看出呼船的是豁达苏子，存心寻份快乐，要他作首应景诗开开心，谁知大学士脱口急就，就有了这首《回船诗》。

它可能还兼着哲学家。待到老聃手里，"一"便成了他喻"道"的有力帮手。在那篇名满天下的《道德经》中，一作为万物的本原，万物负阴而抱阳，简单而复杂，于是，"一生二，二生三，三生万物"。再是，一作为万物发生发展的总规律，作为社会最高的道德标准和行为规范，所以"天得一以清，地得一以宁，神得一以灵，谷得一以盈，万物得一以生，侯王得一以为天下正气"。所以"贵以贱为本，高以下为基"，美誉和成就是毋庸夸耀的。这样看来，一的仙风道骨，也有一半得助于它的开凿和体悟。那个看似一无是处的形体里，却生有一个敏锐而深邃的头脑！

这"一"，不读书的人也识，但，读了许多书的人也未必真识。我这样说了一气，真不知它会不会正在笑我的迂。

爱上海青

把自己隐在海青之内，不是对时尚的逃避，而是选择了一种更加从容和淡定的生活态度。

◎刘东华

那一袭僧袍，名曰：海青。

海青多为青灰色，开始只觉得它款式太旧、太土，宽宽大大地挂在身上。到寺院去，偶有穿着海青的师父从游人香客间穿行，似乎就是红尘里写实了的一缕寂寞了。

我居住的楼内，有一位佛家的居士，单身，有一份很体面的职业，过着还算富裕的生活，年龄不大，平时有许多时尚的衣衫，夏日的时候也多是曳地的长裙，挡不住的风韵。而她，总有一些日子是着了海青的，大概是在佛家的特殊日子，总能见她一袭海青，素面朝天，在楼梯间飘然而过。让人觉得她虽在俗世里生活，这海青却隔绝了诸多的尘事烦琐。

今春去了南京鸡鸣寺。傍晚时候正是师父们的晚课时间，大殿内着了海青的师父们齐声吟唱。我站在殿外，有些不重礼节地向内张望，那些曾经在红尘中的女子，不论年龄长幼，身体胖瘦，均是相同的海青袍，毅然决绝的样子，遮蔽着红尘的万般风情。

才觉得海青是一种宽大，佛家的智慧也体现在这一袭僧袍里。

倘若不是佛门弟子呢？像那位居士，在诸多华美的衣衫里也备上一件海青。

同样是女子，爱美、显摆、攀比，似乎都不为过，本性使然吧，衣柜里永远缺少了一件衣服。每到换季的时候，平时衣着并不时尚的妻子也会提醒我，是不是该给她买件新衣了，去年的那款，已经穿不出门去了。听口气，似乎穿了过时的衣服，会被城管的人揪着，撵回家来，由此让人相信，时尚其实是一件最不靠谱的事情。前年的时尚，今年就成了被人讥笑老土的标志了。对女人而言，走到大街上，如果能遇到一位着装和你完全一样的女子，那必定是自己着装的失败，缺少个性，没品位。

我开始敬佩那位居士的智慧。她在那些推陈出新、万紫千红的时装里，独爱这海青。因为海青的包容、安宁，把自己隐在海青之内，不是对时尚的逃避，而是选择了一种更加从容和淡定的生活态度，爱上海青，才真是爱上了这世间的纷扰。

女人的衣柜里缺少的是这件海青吗？也未必就是。不是要每个女人都做居士，但起码要有海青的那份飘逸出尘的清净之心。

大师的境界

无论是活在精神家园里，还是生活在缤纷的尘世，找到一隅心灵的栖息地，是何等的珍贵。

◎积雪草

第一次看到"悲欣交集"这四个字的时候，我还很年轻，年轻到没有任何的底色背景，年轻到根本不能领悟这四个字的深意。当然，现在也不能说就悟透了其中的道理。但随着岁月的流逝，对于弘一大师的身世和生平有了初步的了解，这四个字愈加深刻地嵌入记忆中。

"悲欣交集"这四个字，是弘一法师的绝世之笔。字体清瘦飘逸，镌刻于崖石之上。看到这四个字，让我的内心生出一种深深的悲悯之情。我曾妄自揣测，"悲"是指慈悲的悲，在这里大约是带有一种感恩和感悟的双重意思吧！当然也有人把这个字理解为对死亡的恐惧，对尘间事物的羁绊……不过在我想来，弘一大师的境界，不会如我辈凡心。他曾在新诗《落花》中说，"人生之浮华若朝露兮"。

曾经看过大师的照片，生活照还有剧照，都是黑白的。大师出身富裕家庭，曾经东渡日本留学，他的俗家名字叫李叔同，是一个极少见的认真之人。无论是早期的红尘翩翩佳公子，还是后来留学归来致力于新文化运动，以及后来学佛，他都做得很彻底，也很有成就，对戏剧、书法、美术、诗词、音乐、篆刻都有极深的造诣。遁入佛门之后，专心律宗，终成一代祖师。丰子恺先生曾说，模仿这种认真精神做事业，何事不成，何功不就？

李叔同决定于杭州虎跑寺出家的时候，那个温柔美丽的日本女子，曾在寺外呼天抢地，哀声若鸣，一墙之隔的弘一大师，怎么会听不到这红尘的挽留？可是他终究做得彻底而决绝。

弘一大师晚年过着清苦的日子，一块咸菜一碗粥，如若没有坚强的意志和精神的支撑是很难想象的。他晚年致力于律宗，律宗讲究的是清规戒律，一言一行都要有规矩，是佛门中最难的一宗。大

师衣衫褴褛，身体清瘦，到处云游讲学。以我凡俗的眼光来看，人是应该有信仰的，无论是宗教还是别的什么，那是支撑我们在路上奔波的信念，做人的信念。

"悲欣交集"，今夜，我又一次想起这四个字。从富贵到贫穷，看似只有一步之遥，其实中间隔着千山万水，哪里是一步就能迈过去的？想来需要多少的勇气和智慧，多少人，一辈子，哪怕拿不动了，也不肯要那个"弃"字。从贫穷到富贵，也许一步就迈过去了；从富贵到贫穷，在自愿选择的情况下，很多人都没有勇气逾越那道鸿沟。

张爱玲曾说："不要认为我是个高傲的人，我从来不是的。至少，在弘一法师寺院围墙的外面，我是如此的谦卑。"弘一大师传奇的一生，令多少人钦佩，透过岁月的烟尘看去，依旧清晰。

无论是活在精神家园里，还是生活在缤纷的尘世，找到一隅心灵的栖息地，是何等的珍贵。

大师的减法

当我们减去压在生命中的灰尘和石块时，生命
之花才能更美丽地绽放。

◎朱成玉

　　法顶禅师是韩国声名远播的自然主义思想家与实践家，他于
1954年剃度出家，其后历任韩文大藏经译经委员、佛教报社总编辑、
松广寺修炼院长等职。20世纪70年代后期，他辞掉这些职位，在
松广寺后山亲自建造了一座佛日庵，过着离群索居的生活。

　　后来，随着慕名前来拜访的人日渐增多，法顶禅师在完成随想
集《舍·离》后便独自前往江源道的一个山谷中，住在一间茅舍内，
独自耕种，清贫度日，体验着单纯、简朴的生活。

　　独居山中，生活难免不便。但他觉得这样的不方便很好。他说：
"就是因为我们的生活太便利了，因此每遇到断电、通信中断就会
坐立不安、不知所措；但我住的地方根本没有这些东西，也不需要
这些物品。我所生活的这片土地不需要缴纳电费和水费，这反而激
发出我潜在的生存能力。"

　　他在自己所著的文章里讲述了这样两件事。

　　一个是关于上厕所的问题。由于没有厕所，如果遇上下雨天，

他就得打着伞，到田里挖个小坑，像动物一样排泄之后，再把排泄物埋起来。遇到下大雨或是下雪时，没有厕所真的很不方便，所以他到小溪旁捡了些碎石块，用树皮搭盖了屋顶，建造了一间厕所。

因为一切均由自己动手，所以他花了一个月，才把厕所建好。虽然设施简陋，但至少这是自己徒手努力的成果，所以他对于这间厕所感到非常满意，并深信能够依靠自己的力量去改变生活，真的非常有意义。

另一个是关于午睡的问题。在炎炎夏日，禅师为了不使自己有贪睡之念，给自己找了很多事情做。为了驱走睡意，他拿起一把刀子削竹。刀与竹均是锋利之物，稍不留神，就会伤己。炎炎夏日正好眠，禅师一人独居，就算喜爱午睡，也是极为自然的事情，没想到禅师竟然为了不打瞌睡，用锋利的刀去削竹子。

这两件事充分体现了禅师的简朴和自省能力，他把自己对生活的要求降到了最低点。

行走在山路的时候，总是会被泥石间跃出的不知名野花所吸引，红的、蓝的、黄的、白的，或者黄白相间，没有任何预约的形状，却比城市里修剪得工整的园艺来得更让人心生喜悦。这又仿佛是人的心灵世界，常有各种事务呈起、落下，山并不会因花朵而牵绊。城市的生活更像是修剪的花枝，少了一份从容天然，却多了一层刻意慌忙，纵然努力给花草提供再多的肥料，也无法了断日增的烦恼。

法顶禅师这样归结修行的概念，他说："修行是什么呢？修行就是消除业障，也就是人们常说的断绝烦恼、断绝欲望。"革命不是请客吃饭，修行也绝非吃斋念佛，如何断欲得道？禅师只是这样补充：“当我的心灵非常澄澈宁静时，就会产生一个重心，有了重心，就会有完整的心灵。”

夏天来临时，人会比较烦躁，骄阳烈日烘烤、公交地铁拥扰，还没开始工作，已觉得无趣。有一句凉茶的广告语叫人"消消火"，除了中医里道出的人的各类火种，心灵常植一片清林，俨然是当务之急了。

法顶禅师坚守清贫，并把清贫作为修行的至上法则。他说："把拥有的物品减到最少，让心灵得到升华，成为宇宙生命的一部分，这便是清贫。"清贫不是让自己困窘，不是机械地拒绝财富，而是保持生存必要的物质就好，就像花草拥有了土壤和水分，也不会再有囤积养料的想法，这就是"成为宇宙生命的一部分"。

除此之外，"拥有得越少，就会越珍惜，我们也会变得越富有。我不断强调，不能把这种生活态度看成消极的人生观，这是睿智的人生选择"。

人们都习惯于做加法：得到名，得到利，得到财富，得到快乐，得到物质，得到职称……不停地去索取、获得，最终这些东西除了一时快感外，更多的是无尽的包袱。

其实，生活不仅仅是加法，更聪明的是做减法：减去不必要的东西，从而让自己从占有的包袱中解脱出来，恢复以前鲜活的生命。想想，我们最快乐的时光往往是拥有最少的时候。从儿童开始，到学生，到青年，到结婚，到家庭，越到后面，我们得到越多，我们的快乐也越少。统计学里有个"边界效应"，有的东西多到一定程度，其实并不能带来多少快乐了，这时候我们需要做的是减法。从清贫生活，到孤独生活，都是减法。

法顶禅师告诉我们，保留着享受清贫所带来的简单幸福的能力，你也就保留了心中山花常开的季节。

当我们减去压在生命中的灰尘和石块时，我们的心灵才能更好地呼吸空气，才能接受阳光无微不至的照耀，生命之花才能更美丽地绽放。

生命的行云流水

高贵或卑微，都同时拥有一片天空，同踏在一
方土地，故应以平常心来容纳和对待。

◎朱文杰

曾经有一段时间，特别喜欢读苏东坡的文章，说不清是为了什么，只是那种率性为文的感觉让我真是爱极了。当时根本不认为东坡是个几百年前的古人，而是我亲切的朋友。东坡有句话我一直很欣赏："大略如行云流水，初无定质，但常行于所当行，止于所不可不止。"

"行云流水"——那该是怎样的一种境界呢？我是一个从小在江南水乡长大的人，家乡所及无非是水，故而这句话从其本义来说，我还是深有体会的。小学时学校三面环水，与一些小伙伴玩累了歇下来时，有时忽然会有寂寞感，于是便有意无意地看着身边缓缓流着的水和天边变幻的云彩；初中时学校在水边不说，每周来回，还要沿着河岸走几里路，那是一条长长的运河，那水流得相对快一些，但给我的感觉却又是平静的，悠然的。看着水面随时间不同而呈现的银色、蓝色的光，看倒映在水面被揉碎的云丝……小小的心总是被快乐包围着——最初的行云流水让人如此惬意。

后来偶然读到汪曾祺的文章，忽然想道："这不就是行云流水的文章吗？"于是便开始搜罗汪老先生的文章来读，结果越读越爱。汪老的一则随笔，说的是现在的人得多练练书法，尤其是行书行草。由此，觉得汪老到底还是行云流水之人。

　　接着又读过其他人的很多作品，但一直少有行云流水的感觉，直到读了《边城》，才在心里快乐地呼喊着说："啊，这是行云流水的文章了，简直山涧清流一般嘛！"既忧伤而又快乐。沈从文说："美丽总是愁人的。"觉得真是对极了，但你要我说原因，我却又说不出，就是那种可意会而不可言传的美让我感动。再后来在博物馆看到王羲之的《兰亭序》，其行云流水之势至今酣畅于胸，那真是中国行云流水艺术的极致。

　　人生如行云流水，岁月似落花飞絮。

　　其实，做人与为文一样，小小的人生舞台上何尝不是你方唱罢我登场，追名逐利的作秀者在热闹过后又有些什么呢？高贵或卑微，都同时拥有一片天空，同踏在一方土地，故应以平常心来容纳和对待。何不"行至水穷处，坐看云起时"？生命中的行云流水同样应当酣畅淋漓。只是有的人可能一辈子也不知道，原来世上还有行云流水这么美丽的东西。

智者乐水

水总是不失时机地发挥自己的特长和优势，顺其自然地展现自己的丰富和多姿。

◎朱　咏

平日里，我喜欢沿河边散步，钟情于白日里粼粼的波光，迷恋于月照下梦幻般荡漾的倒影。游山览水之际，我为江河奔腾、飞瀑倾泻的磅礴气势而惊叹，也为汩汩清泉、淙淙溪流所陶醉。我还喜欢在书中访山问水，读到各种描写水的妙文佳句，总爱细细品味一番，将自己的情思融入作者创设的意境之中。我在大自然中亲近水，在古诗文里欣赏水，在心静如水的时候参悟水。

至今记得李白诗中的一些名句，"登高壮观天地间，大江茫茫去不还"，写长江浩浩荡荡，一泻千里；"黄河之水天上来，奔流到海不复回"，状黄河奔腾不息，势不可当；"浙江八月何如此，涛似连山喷雪来"，描摹出钱塘江潮的壮观景象；"飞流直下三千尺，疑是银河落九天"，写绝了庐山飞瀑的雄浑气势。少时诵读这些诗句，脑海里浮现的是水的桀骜不驯、水的狂傲不羁。

其实，那只是水的表象。"水往低处流"——从高山流向低谷，从上游流向下游，这是妇孺皆知的道理。避高趋低、谦卑无争才是水的本性。所谓"百川归海"，就是因为水往低处流。只因避高趋下，水才获得了前进的力量，涓涓细流才能奔流不息，汇成江河，奔向大海，永不干涸。所谓"海纳百川"，就是因为大海甘居最下游。只因甘居下游，虚怀渊博，大海才会容纳百川，成就博大渊深。水往低处流，不是自甘沉沦，也不是消极避世，而是出于对事物发展规律的把握，是对前途的信念，是虚怀若谷的胸襟，是勇往直前的精神，是无私无畏的境界。居卑处下，不是自卑，也不是示弱，而是出于对整体和全局的把握，是深明大义，是超凡脱俗，是雅量，是智慧。

在台湾东部的"清水断崖"，我见过名副其实的太平洋——没有狂涛，没有巨澜，只有一道一道的银波白浪前赴后继地涌向岸边崖下。那是一种江河所没有的沉静与气度，一种湖泊以至近海所不具备的渊博与深邃。面对着它，我仿佛面对着一位可亲可敬的智慧老人，不得不放下全部的傲慢与偏见。我被它彻底征服了！我暗自思忖，静静覆盖于高山之巅的冰川雪原，一旦融化，便化为淙淙流水；默默沉埋于地下的泉水，一旦涌出，也会变成涓涓细流。小溪流注入湖泊，奔向江河，最终汇入汪洋大海，又复归于沉默和寂静。静，是宇宙的起点，也是万物的终点吧！静，体现了质朴，标志着成熟，预示着新生。稳固才会静，圆满才会静，和谐才会静。

我曾秋游九寨沟。山沟里静静地躺着许多高山湖泊——海子，大大小小一汪一汪的碧水，蓝天白云、远山近树，倒映湖中。"鱼游云端，鸟翔水底"的奇特景观，亦真亦幻，虚实难辨。这些玉石翡翠般玲珑剔透、晶莹澄碧的海子，犹如一群沉睡了亿万年至今未醒的睡美人。哦，不！这是一位进入禅定"端坐紫金莲"的高僧，抑或隐居深山修炼内丹的道长。我生怕搅扰了他们的清修。那一刻，我在静思默想：只有在平静之时，清澈的湖水才会一如玉鉴琼田，清晰地映出天光云影；汹涌的波涛，除了溅出洁白的浪花，发出喧闹的声响，绝不会出现"浮光跃金，静影沉璧"的美景。沉静才能空明，空明才能充实，充实才能智慧，智慧才能洞明世事，透悟人生，朗鉴天地，明察万物。正如诸葛亮所云："静以修身，俭以养德，非澹泊无以明志，非宁静无以致远。"只有保持心境的恬淡虚静，才能涵养自己的性灵，才能做得更好，走得更远。

　　我不止一次地伫立在海边，凝望海浪不知疲倦地冲向礁石，一阵浪花飞溅、潮音喧哗之后退了下去，然后再冲，再退，再冲……那礁石仍自岿然不动，丝毫无损。我曾为水之柔弱而慨叹甚至怜悯。它畅通则流，壅塞则滞，道宽则水缓，道窄则流急，注入湖泊，汇入江海，似乎不由自主，完全随遇而安。的确，与坚岩磐石相比，水是再柔弱不过的了。然而，当我目睹滴水穿石的奇迹，当我得知面前这个山洞是经海水亿万年冲击形成的时候，我的心灵震撼了！我为柔弱之水的神奇伟力而惊叹了！

　　茅山道院有个太极广场，广场正中有个太极池，池底为黑白阴阳鱼组成的太极图案，两只硕大的石球如阴阳两鱼之目，缓缓地自然翻转。总以为有什么机关在控制着石球，走近前去，方知石球下面竟是一汪汩汩清泉。泉水喷涌则石球转动，喷泉停息，石球也随之静止。十个人都未必能搬动的大石球，居然被泉眼细流翻转自如。我想起了老子的话："天下莫柔弱于水，而攻坚强者莫之能胜。""天下之至柔，驰骋天下之至坚。"水是最柔弱的了！可又有什么比水更刚强的呢？透过太极池中的一汪清水，我仿佛看到了越王勾践的柔韧，看到了亲政之初康熙的沉稳，看到了苦难的犹太民族的坚毅，看到了抗日战争的悲壮……

记得在黄果树观瀑布所见胜景：山崖之上一股宽阔的水流，喧哗着奔腾向前，突然从悬崖绝壁上飞流直泻犀牛潭，好像浣纱女把一匹白绢凌空抛向深潭。潭水哗哗顺着山沟蜿蜒向下流去，沿途忽而为浅滩，忽而为溪流，忽而为瀑布。我边走边看，边看边想。水，经断崖则为瀑布，注沟壑则为深潭，汇山沟则为溪涧。它甚至从不固定自己的质态和形状，蒸而为水汽，降而为雨雪，随圆则圆，就方则方；它因时而异，适时而动，入冬为冰冻，开春即消融，风起而为波浪，石激而为飞沫。原来，谦卑、沉静、柔弱的水并不木讷、迂腐，还有它机智、灵活、圆融的一面。它总是不失时机地发挥自己的特长和优势，顺其自然地展现自己的丰富和多姿。

老子云"上善若水"，做人就要像水那样……

以 后 呢

一个人如果能够时时仰无愧于天、俯无怍于人，
则此人的道德近于完美了。

◎张振旭

　　一位青年准备赴京赶考，他请来一位老和尚到家中念祝愿经文——预祝他金榜题名。

　　老和尚双手合十，双目紧闭，听完青年人陈述，却一言不发。年轻人等烦了，催促道："您为何不说话，有何意见啊？"和尚微微睁开眼，说出三个字："以后呢？"

　　"我金榜题名后就能当官！"

　　"以后呢？"

　　"当官后就可以发财。"

　　"以后呢？"

　　"发了财就可以买田地、置产业、建豪宅，然后，妻妾成群，儿孙满堂，锦衣玉食，无忧无虑！"

　　"以后呢？"

　　年轻人不耐烦了，大声质问和尚："什么以后呢，以后呢？金榜题名，当官发财，家大业大，妻妾成群，儿孙满堂，这些还不够吗？"

老和尚不慌不忙说完最后一句话："你死了以后呢？"

一念反省，高贵的品格、清净的自信就能升华起来。一个人如果能够时时仰无愧于天、俯无怍于人，则此人的道德近于完美了。反之，一个无惭无愧、恬不知耻的人，往往因为道德良知被贪心物欲、被嗔恨嫉妒所蒙蔽，自然就失去人格；没有人格的人，则如树木无皮，无皮之树，怎能开花结果？

放 下

人的一生总是在不断地放下一些什么，又在不
断地拿起一些什么。

◎蒋光宇

唐代，严阳尊者问赵州禅师："我在禅修的道路上抛弃了一切，
下一步还应该怎么做？"赵州禅师回答："放下吧。"他又问："我
已经两手空空，还有什么可放下的呢？"赵州禅师又回答："如果
实在没有什么可放下的了，那就拿起来。"他听后，突然有所感悟：
放下不是放弃万物，而是放下错误，有些东西是应该放下的，有些
东西则是应该拿起来的。其实，人的一生总是在不断地放下一些什
么，又在不断地拿起一些什么。

所谓放下，看来并不是放下一切，而是放下一些。

从前有一位很勤奋的静修道长，每天傍晚亲自喂狗的时候总是
说："放下，放下！"徒弟觉得很奇怪，就问道长："您的狗
是叫'放下'吗，为什么给它起了这么一个奇怪的名字呢？"道
长故意不答，请徒弟自己去悟。徒弟经过反复观察后发现：道长
每天喂完狗之后，就不再读经学道了，而是在院子里或散散步，或
看看日落，或打打太极拳，惬意地享受生活。徒弟把观察的结果告

诉了道长，道长微笑地点点头说："好，你观察的结果不错。其实我在叫狗的时候，也是在提醒自己'放下'，就是让自己放下一些事情。因为我不可能在一天之内做完所有的事情，能做完最重要的事情就很好了。这就是文武之道，一张一弛；有为有不为，知足知不足。"

所谓放下，看来并不是放下修行，而是放下强行。

有一个年轻人向一位很有修养的老和尚请教："我眼高手低，心高命薄，心胸也不开阔，总是看不惯一些人，看不惯一些事，耿耿于怀，自寻烦恼，这该怎么办？"老和尚说："其实，没有什么东西是不能放下的。"年轻人说："可我偏偏就是放不下。"老和尚让他拿着一个茶杯，然后往里面倒热水，一直倒到水溢出了杯子。他的手被热水烫后，立刻松开了。老和尚才说："痛了，你自然就会放下。在这个世界上，如果不能够主动地放下，就只能被动地放下。与其被动地放下，莫不如主动地放下。不论遇到多么不顺心的事情，都要勇于面对它、接受它、处理它、改善它、放下它。"

所谓放下，看来并不是放下需求，而是放下妄求。

有一位旅行者，在攀登险峻的悬崖时不小心落下山谷。他侥幸地抓住了崖壁上的树枝，悬荡在空中，上下不得。他赶忙闭起眼睛祈祷："佛陀！快来救我！"这时佛陀真的出现了。佛陀平静地说："松开手，只要放下你自己，就没事了。"他惊恐地说："我把手一放，势必粉身碎骨。"佛陀说："既然你不愿意放下自己，那就抓着等一等吧。"说完，佛陀就消失了。就在他心里埋怨佛陀见死不救之时，忽听身后有人喊道："喂，你这是干什么呢？"他转向身后一看，看到身后站着一个牧羊人。他明白了，原来自己离地面才一米多。

所谓放下，看来并不是放下希望，而是放下绝望。

人生的过程，就是一个不断放下和不断拿起的过程。放下压力，拿起轻松；放下烦恼，拿起快乐；放下自卑，拿起自信；放下懒惰，拿起勤奋；放下消极，拿起积极；放下抱怨，拿起感激；放下犹豫，拿起果断；放下狭隘，拿起豁达。

地上种菜，就不易长草；心中有善，就不易生恶。真正地放下，既不是放任和放弃，也不是什么事情也不做，而是用真善美取代和覆盖假恶丑。

一念放下，万般自在；一念拿起，有所作为。

不动声色

不动声色，其实也没那么僵化，看起来更像是
一个人在自我的心境里，有声有色，八面威风。

◎马　德

　　从气象上看，不动声色比张牙舞爪更具大气象。尽管不动声色
也会浮在面上，我宁愿相信，内里，它有气韵氤氲，有风骨流转。

　　八百疏狂，敌不了一丝内敛。三千喧闹，大不过满怀岑寂。

　　不动声色，是念佛人脸上的无限江山；不动声色，是历尽劫遇
的人，一念生，一念死，渡尽生死的沉静与恬淡；不动声色，是流
水让一块鹅卵石辗转，风让一片叶飘落，石的笃定，叶的静美。

　　不动声色，是一片云彩的影子，爬过一道南墙；不动声色，是
一只秋虫蛰伏在一片枯叶中间，冷眼看世界；不动声色，是山也寂
静，水也寂静，是你看我时，一脸的寂静。

　　古刹里的一株虬曲的树，风一阵、雨一阵，佛面一阵、人面一
阵，不动声色；戏台左右柱子上的楹联，长一句、短一句，唱一声、
和一声，不动声色；藏在花心的蕊，伏在茧里的蛹，初望这个尘世，
没有冷颜，没有热面，是嫩而小小的，不动声色。

　　大地数亿年，繁华赏遍，沧桑阅尽，山持重而庄，水流深而媚。
大地最是不动声色。它静观着这个红尘世界，纷纷扰扰，缠缠绵绵，

瞬间可以地老天荒，又瞬间，海誓山盟节节破碎。一枝笑在摇曳，一江哭在翻滚。笑，笑到心醉，哭，哭到心碎，就这样，笑一程，哭一程，生一程，死一程。

也许在大地看来，爱也好，恨也罢；聚也好，散也罢。不过，都是生活。

夏日的晚上，壁虎伏在光影里，也不动声色。它的四足是静的，身子是静的，脑袋是静的，就连眼神也是静的。但是，那一段小小的光影里，风一样，是呼啸的杀机。不动声色，才最可怕。大危机，大劫遇，都在不动声色里。多年以后，我听到一场战争败于一个词：风声鹤唳。说前秦的军队落荒而逃，禁不住一点儿风声，耐不了几声鹤鸣，那是该败了，然后就真的一败涂地了。

有动静的，都不足怕。显露得越多，越不足怕。

不动声色的人，绝对有大城府。最大的城府，不是看不出，是看不清、看不穿、看不透，是深不见底。鸡毛蒜皮、咋咋呼呼的人，不会有城府；同样，睚眦必报、锱铢必较的人，也不会有城府。一个连极微小的事都藏不住的人，不会有大气象。一念生，一寸乱。一寸乱，方寸大乱，生活没让你败，你就已经败了。

不动声色的人，也不一定要深沉古雅，也不一定要刻板凝重。有时候，不动声色，只是简单，只是风烟俱净，只是用生命最初的宁静，向新旧的光阴，向生活的两岸，做深沉的凝望，做深刻的思考，做深情的流连。

不动声色，其实也没那么僵化，看起来更像是一个人在自我的心境里，有声有色，八面威风。

放下即拥有

放下一些实的东西，才能感受到简单生活的乐趣；放下一些虚的东西，才能感受到心灵飞翔的快感。

◎张克奇

在去沂山参拜法云寺的路上，左脚突然被一根藤蔓绊住了。习惯性地单腿站立，抬起左脚使劲去甩，以挣脱藤蔓的纠缠。没想到用力过猛，鞋子竟一下子脱了脚，直奔路边的沟谷而去。急忙寻去，发现那鞋子已经悬挂在半山腰崖壁里横空出世的一棵槐树上，沟深且险，要取回来已经没有可能，一下子傻了眼。

怎么办呢？只好赤一脚而行，一脚高一脚低的，简直成了个瘸子。不仅自己觉得滑稽，引得路人纷纷私语窃笑，而且走了不长的路，就感觉特别费劲。有好心的路人建议我干脆把右脚的鞋子扔掉，省去一个累赘，我心里却有些不舍，毕竟它还保护着一只脚不受沙硌之苦嘛。这样又坚持了一会儿，才终于决定把那只鞋子扔掉了。双脚赤裸，脚底不时传来痛楚，于是在心疼了那双好鞋的同时，愈加怨恨那根肇事的藤蔓，怨恨自己的粗心大意，怨恨老天不遂人愿，本来的好心情完全被满腹的怨恨取代了。

好不容易到了寺里，恰逢一僧人在向游人布道。他说佛陀在世时，有位婆罗门贵族前来看望他。婆罗门双手各拿一个花瓶，准备献给佛陀作礼物。佛陀对婆罗门说："放下。"婆罗门就放下了左手的花瓶。佛陀又说："放下。"婆罗门又放下了右手的花瓶。然而佛陀仍旧对他说："放下。"婆罗门茫然不解，问："尊敬的佛陀，我已经两手空空，你还要我放下什么呢？"佛陀说："放下你内心的执着。"婆罗门这才恍然大悟。

僧人继续往下讲着，他说佛语有云：一切放下，一切自在；当下放下，当下自在。只有放下一些问题的时候，才能体会到一些问题其实并不需要放在心里；放下一些负担的时候，才能体会到一些负担并不需要挑在肩上。放下一些实的东西，才能感受到简单生活的乐趣；放下一些虚的东西，才能感受到心灵飞翔的快感。放下烦恼，就得到了快乐；放下贪欲，就得到了平和；放下怨恨，就得到了解脱。

我的心不禁重新快活了起来。因为在佛陀的启示下，我已经把对那双鞋子的疼惜，把对那藤蔓、对自己、对老天的怨恨全都放下了。因为放下了内心的疼惜和怨恨，我把赤脚行走当作了免费的足底按摩，微微的疼痛变成了一种享受；把丢失了鞋子当作了佛陀对我的有意教化，原先的怨恨转化成了一种感恩。不仅如此，生活里日积月累下的那些压抑、郁闷，以及那些累呀苦哇，也都烟消云散了，身体在刹那间飘逸得似乎一张开双臂就会飞起来。

从来没有感到过的空灵和纯粹，生命一下子竟然显得那么舒展而美妙！

佛说得果真好极了：放下了，就拥有了。

君往何处去

让自己的生命走向美丽和宽广，走向解脱与快
乐，这才是生命最圆满的走向。

◎延　参

　　人生是条单行线，是一条只能前行无法倒退的路径，是无法重装的系统，是无法重启的程序，是无法修改的指令，更是无法删除的记忆。当我们在为那些得得失失喜怒无常时，或为那些恩恩怨怨焦头烂额时，或者是为那些连自己都莫名其妙的烦恼郁闷难解时，想想自己那么宝贵的生命都被消耗在这些无谓的烦恼中，难道我们不觉得冤屈吗？

　　世事如梦，人生无常，谁都不能确定自己的明天在哪里，但是人生重要的并非置身哪里，而是将去向何处。是一生都忙忙碌碌只为积累财富，还是费尽心机只为登上天梯，或者是为追求幸福而寻寻觅觅，直到最后幸福依然是山高水又长。人生匆匆，是背着欲望和仇恨走向郁闷和烦恼，还是怀揣爱心走向轻松与快乐？自己的生命究竟是往何处去，须得仔细斟酌。

　　人生真正宝贵的就是这难得的生命，而不是生命以外的所谓的财富，更不是那些无聊的烦恼。让自己的生命走向美丽和宽广，走向解脱与快乐，这才是生命最圆满的走向。

坐看云起

　　行至水穷处，坐看云起时。明乎人我之殊、物我之异，可免于惑乱，亦可免于物累。闭门即是深山，达观乐天心自宽，是人生志高至纯的精神境界，是实现人生理想的大智慧。摒弃烦恼，植下希望，收获快乐，生命会因此而散发出恒久的芳香……

悟

悟不是简单的琢磨，不仅能生巧，还能益智、
修身、明事理，是人生必修的功课。

◎付弘岩

　　我的父亲文化不高，少言寡语，但心灵手巧，是当地木雕石雕
的匠人。小时看他雕物件时，总是左看右摸，画来画去，特别执着。
他的作品精湛细腻，神态逼真。他一辈子常说的一句话是："凡事
多悟，悟能生巧。"这句话就是父亲给我的启蒙教育，当时幼稚地
认为悟就是琢磨。现在经过岁月的洗礼，我对悟的内涵有了些认识。
它不是简单的琢磨，不仅能生巧，还能益智、修身、明事理，是人
生必修的功课。

　　悟，是有心人的个人专利。它是对人生百味的独自品尝，对人
间万物的独自注释。它是能在无声中听到高山流水之韵，在无字中
破译生活密码的独家功夫。它是"行百里者半九十"的亲身感受，
是"聪明难，糊涂更难"的内心感言，是"地低是海，人低是王"
的处世感想，是"我爱吾师，我更爱真理"的为学见地，是"有容
乃大，无欲则刚"的做人心得。悟是自学人生的智慧。

　　悟，是有识者的洞察能力。它像那株隐藏的灵芝，有识者才能

在万山丛中发现它的价值。悟是学识与洞察力相碰撞的火花。它有"小荷才露尖尖角，早有蜻蜓立上头"的捕捉美的敏感。有悟性者，一俯一仰而知人生，一进一退而懂得做人，一得一失而明哲理，一点一滴而有启发。孟子在岁月的透视中，滤析出"生于忧患，死于安乐"的三古经典；周恩来在革命实践中，提炼出"与有肝胆人共事，从无字句处读书"的旷世箴言；弗莱明在细微现象中，发现了划时代的青霉素。悟是见微知著的识见。

悟，是觉醒者的意识升华。它是山穷水尽时的急转弯，是头脑发热飘飘然时的降温冷水，是疲劳挤满日历时的偷闲短歌。悟是被命运关闭在黑暗房屋里，画一扇窗给自己，让阳光与春风扑面而来的自救自拔；悟是经历苦难砥砺、生活淘洗之后，慢慢抚平伤口，发誓"世界以痛吻我，我要报之以歌"的自省自勉；悟是在失败挫折中认识到"人生最大的敌人是自己"，于是不断修剪生活之树，砍掉枯枝败叶的自清自察；悟是在物欲诱惑、世俗污染、乱花迷眼中，不断加固思想堤坝，固守心境绿地，永远做我自己的自持自强。悟是医活心灵的方剂。

大悟得才智，思想深远；彻悟得境界，大爱无私。那些为正义、为科学、为民族英勇献身的人；那些在大难临头时，把生的希望让给别人的人；那些自己节衣缩食，把劳动所得捐给需要救助者的人……他们都是大境界的骄子。世俗说他们是"傻子"，其实他们是圣人，是大彻大悟的道德楷模。

人生之悟，当如竹为节、树为轮。每一节、每一轮堪为一悟，堪为对生长阶段的一次回眸思考，一次年终总结。省悟一次就拔高一节、扩大一轮，节越多竹越茁壮，轮越多树越高大。

其实，人亦如此。悟，演绎人生。人的一生都行走在路上，一串串足迹虽曲直深浅各异，但都记录着大大小小的荣辱、福祸、苦乐、成败之悟，只是没有及时去收获罢了。如若把散落在路上的悟的珍珠及时拾起来，像竹与树那样时时收拢珍藏，并当作人生指南，那么，人一定会活得巧而少拙，智而少愚，明而少悔，清而少浊。

"凡事多悟"，父亲的教诲，如今已成为我的座右铭。

佛 与 茶

俗话说，一人品，谓之禅；二人品，谓之趣；
三人品，谓之慧。

生在茶区，喜欢喝茶，理所当然。把喝茶上升为品茶，确需一个过程，这个过程可能漫长。在此过程中，品者学会了等待，学会了与茶的交谈，性情由躁而温而静，有如茶由浓而淡。茶与禅的结合是生活与理想的交融。如果非莲花佛国，可能不会关注茶与佛的内涵。

多年前，朋友逢春以九华佛茶相赠，渐次入味，明心见性，弱体强健。

始不觉有何特别，但喝着喝着，品着品着，自觉出它的异样了，主要表现在心理上，其次是它的品质。九华佛茶有赖于山水的灵妙，沾着江南春色，中庸却不苦寂。妙有二分气，灵山开九华。这茶故然蕴含妙气与灵气，入腔萦怀，通感万象。

初饮者，往往由名称的心理暗示，而至味觉的微妙变化。那种叫佛或者禅的文化，便在茶水中氤氲、渗透、扩散、袅绕——所有灵动的词汇都可以在此用上。此乃家中品尝佛茶，离山似乎遥远，天阔地迥，却泉声依然响彻耳畔。身在繁华，心何以堪。

　　每有外出，遇见寺院，无论口渴与否，总思如何讨得一二盏，亦啜，亦饮，把盏于怀。于是，我将寺院里讨得之茶，曰：佛茶。它是无数日常生活中的上上之饮，清热、明目、祛火。徘徊五岳，漫步湖川，饮茶万千，感触颇多。五台山的茶，有壮胆之色，沉静厚重；峨眉山的茶，甘苦相伴，药味重重；九华山的茶，温润淡雅，形如佛手，堪称一绝……而小寺院里的茶，则各有不同，形随佛缘，其味随泉声。山越高，水越远，茶越茂，味道即越发久远。渴望"暖风吹长紫芽茎，人向山头就水烹"，却身不由己，心向往之。"行到水穷处，坐看云起时"，想的却是一杯曾经令人沉静的佛茶。

　　今，朋友去，佛茶不得，忽忆过往，念友情之悠悠，百感交集。独饮处，心向佛矣。

　　俗话说，一人品，谓之禅；二人品，谓之趣；三人品，谓之慧。虽不再有九华佛茶，但每日首要之事便是独饮。先，洗濯茶具，荡涤尘埃，溇、浸、泡、滤，步步盎然；后，端坐如佛，取碎瓷内胎小盏，倾壶中佳茗，如瀑。观其气，袅然而上；闻淡香，弥漫于腔。温度有降，入口，啜而饮，而后品，回味无穷。倘若古琴伴之，轻声诵读："空山不见人，但闻人语响。返景入深林，复照青苔上。"一直以为这是一首绝妙的禅诗，不亦乐乎。

　　是谓茶，亦为佛。

闭门即是深山

心忧天下，宠辱皆忘，这才是闭门即是深山的真境界。

◎叶春雷

红尘滚滚，看似不可抗拒，殊不知闭门即是深山，其奈我何？古代把居家修行的人叫居士，文人们也喜欢给自己取一个什么居士的雅号，以表明某种人生志趣。譬如欧阳修就自号"六一居士"，公退之暇，徜徉在诗、酒、茶、棋、金石铭文之间，自得其乐，可不是闭门即是深山？

世事纷扰如麻团，解不开剪不断，这时需要一颗包容淡定的心，像老子说的："知其雄，守其雌，为天。""为天"，虚怀若谷，海纳百川，那点人世的小芥蒂，还有什么不能包容的？可不是闭门即是深山？老子讲"不争"，世人常常从消极方面着眼，其实不争，换一个说法就是包容，民间说"大人有大量"，这就是包容，都包容了，还争什么？所以，闭门即是深山，"包容"乃其精义。

我很喜欢据说是陈抟老祖写的一首诗，最后两句是："携取旧书归旧隐，野花啼鸟一般春。"即使这是小隐，所谓小隐隐山林，还是把心里盎然的春意表达出来了。身居闹市，不可能隐身山林，所以要追求大隐的境界，大隐隐于市。"结庐在人境，而无车马喧。问君何能尔，心远地自偏。"这就是大隐的境界，亦闭门即是深山的境界。陶渊明用"心远"来概述这种境界，其实若是用一个字来说，应该是"闲"。心如脱钩之鱼，自然就闲了。红尘中有多少诱饵，名啊，利呀，美色呀，权势呀，全在垂钓着你这条鱼。像庄子那样，"而来，而往"，对这些诱饵不屑一顾，心不就闲了？"鱼相忘于江湖，人相忘于道术"，这不就是闭门即是深山的境界？

闭门即是深山。但闭门之后，不是两耳不闻窗外事，一心只读圣贤书；不是心如死水，身如槁木；不是青灯黄卷，看破红尘；不是凄凄惨惨，顾影自怜；不是足不出户，孤芳自赏。闭门即是深山，说的是推开名利的诱惑，摆脱尘世的纠葛，拍去身上的喧嚣，滤掉心中的渣滓，心清如水，像庄子所说的："用志不分，乃凝于神。"聚精会神做自己喜欢做的事情，滴水穿石，绳锯木断。精诚所至，金石为开。就像我在读研究生时一位教过我的老师说的，屁股下多坐几本书，将来说话写文章才有底气。原话记不得了，大意如此。这说的是做学问，事实上做任何事都需要这种不断积累的过程。

人生若白驹过隙，忽然而已。而尘世纷扰，诱惑极多。如果人缺少定力，就可能像猴子掰玉米，捡了芝麻，丢了西瓜。之所以强调闭门即是深山，就是要我们心无旁骛，耐得住寂寞，坐得冷板凳，像洪应明在《菜根谭》中所说："缠脱只在自心，心了则屠肆糟廛，居然净土。不然，纵一琴一鹤，一花一竹，嗜好虽清，魔障终在。语云：'能休，尘境为真境；未了，僧家是俗家。'信夫！"一个"了"字，何其洒脱！这个"了"，不像《红楼梦》中《好了歌》

所唱，万事皆休，人生如梦，那未免太悲观。相反，人生只能有所执着，才能显出分量。这里的"了"，指的是放下一己之私，了去生死，像黄花岗七十二烈士之一的林觉民那样，为天下人谋永福，这样的人生，才有恢宏的气象。

所以，闭门即是深山，不是事不关己高高挂起，而是家事国事天下事，事事关心。心忧天下，宠辱皆忘，这才是闭门即是深山的真境界，就像庄子在《逍遥游》中所写："且举世誉之而不加劝，举世非之而不加沮。"心静如水，心明如月。执着人生，甘当人梯。就像孔子所说："不义而富且贵，于我如浮云。"心有了这样的定力，真是闭门即是深山，心宽体胖，悠游自在，布衣蔬食，胜过轩冕多矣！

还是《菜根谭》中说得好："心旷，则万钟如瓦缶；心隘，则一发似车轮。"闭门即是深山，说的就是心旷，就是心闲，就是包容，就是能了，一了百了，百了之后还能有所执着，这样人生才既不会太枯寂，也不会太浓艳，才能集中精力，有所作为。把名利看淡，淡如烟霭；把人民利益看重，重如泰山。为一己之私而活，活得就苟且；为大众利益而活，活得就伟岸。所以孔子说："士志于道，而耻恶衣恶食者，未足与议也。"闭门即是深山。这深山，说的其实是一种崇高的人生境界呀！

惜　缘

世事如棋，人海茫茫，人与人之间能够相遇相
知，或是相亲相爱，是必然，也是偶然。

◎唐加文

　　缘是什么？缘是一次机遇的把握或流失，是人际间的分分合合，是生活中演绎出的许多恩恩怨怨，也是似是而非的因果关系。世事如棋，人海茫茫，人与人之间能够相遇相知，或是相亲相爱，是必然，也是偶然。冥冥之中，自有一种说法或叫缘分的东西。

　　佛家说，同船共渡是缘。上船是缘的开始，如果船上什么事情也没发生，船一靠岸，各走各的路，也就是缘的结束，那么这份缘是很浅的了。如果船靠岸时，突然下起雨来，像许仙那样，把伞借给白娘子，由此而扯出一段姻缘。我想，这一经典故事，也许是对"百世修来同船渡，千年修来共枕眠"最好地诠释了。

　　人生中有着太多、太多的相遇与巧合，或者那真的只是个巧合，但我宁愿称之为缘。因为地球是圆的，所以我们有缘。能够相遇，是缘；能够认识，是缘；能够成为朋友，也是缘。相识是缘起，相知是缘续，倘若能够得到一个真心知己，恐怕是上辈子修来的缘分……那么多缘交织在一起，成为一张网，网住每一个相信缘分的

人，网来我们一生的幸福。

有些缘分是我们无法选择的。我们来到这个世界上，谁是我们的父母，谁是我们的兄弟姐妹，这种亲缘，是先天注定的。至于后来，我们的老师和同学，我们的邻居和同事，走马灯一样地在我们的眼前流动，这也是缘。我们可以选择，但十之八九也是随缘而聚，随缘而散。有的我们把握了，成了好朋友，但更多的却只是擦肩而过，成为陌路。

缘分需要呵护。因为有缘相伴，我们感情的星空里，才有了永结同心的许诺，才有了在天愿做比翼鸟、在地愿为连理枝的浪漫。也因为缘的起灭，才繁衍出人际间的悲欢离合，丰富了我们的多彩人生。人生何处无芳草，人生何处不相逢，相逢就是缘分。人生在世，随缘而安。相逢何必曾相识，缘聚缘散终心牵。缘来不拒，缘去不惊。珍惜缘分，就是珍惜人间的美好，与人和谐相处，广结善缘，共同收获人间的美好。

世上有很多事是无法掌握的，当你发现它时，却已经失落，当你不在意时才真正地拥有，也许这就是可遇而不可求的机缘。人际间的缘分，是在生活中邂逅，又在生活中流失。有些人与你，也曾心心相印，也曾相携相扶，后来随着空间的阻隔和时间的流逝，那缘分也就由浓而淡，由淡而终至于无了。缘分拒绝功利，它在友谊上表现为真诚，在爱情上表现为纯净。

不要什么天荒地老，不要什么海誓山盟，你选择了我，我选择了你，这是我们的共同选择。拥有时，可以真诚相拥，而无法拥有时，即使是求，也求不来一份聚首的缘。

张爱玲曾这样写道："于千百人中，遇到你所要遇到的人，于千百年中，在时间的无垠的荒野中，有两个人，没有早一步，也没有晚一步，就这样相逢了，也没有什么可说的，只有轻轻地道一声：哦，你也在这里吗？"而徐志摩却告诉世人："在茫茫人海中，我欲寻一知己，可遇而不可求的，得之，我幸；不得，我命。"这种缘，令人叹服。

　　在缘分的天空下，我们守候着真诚与善良，选择了期待与梦想。茫茫红尘，能发现缘是我们的机会，能找到缘是我们的幸运，能拥有缘是我们的幸福。所以，请从这一刻起，珍惜我们的缘分，珍惜上天赐给我们的每一份礼物，珍惜每一个属于我们的缘分吧！

有一种前进的姿势叫退让

进一步，豁然开朗；退一步，海阔天空。进退
自若，那才是人生的大境界。

◎吴黎宏

人生固然要锐意进取，追求上进，努力向成功进发，但很多的
时候，还要知退，能退，更要善退。退让，很多时候是前进的一
种姿势。

在自然界，有进必有退，退中含有进。日有升有落，岭有上有
下，潮有涨有退。日落才有月升，冬去才会春来，花落才有果实。
很多时候，退是进的前提，能退才能进。

人生也是如此。人生不可能是一条直线前进，也不可能永远居
于高位。无论官当得多大，爬到多高的位置，掌握多大的权力，拥
有多大的财富，有了多大的名声，最后都要退下、退出。因为"当
官一阵子，做人一辈子"，财富生不带来、死不带去，名声多半是
自己的成就加上别人的讹传。况且，人的生命总是有限的，时间会
带走一切。

"长江后浪推前浪，世上新人赶旧人。"人类社会奔流不息的
大河，要让它持续向前发展，前面的人就要为后面的人让出空间。

在该退的时候无怨无悔地退下来，既是形势的需要，也应成为我们的自觉。

善退，是一种圆通的智慧。退，并不意味着无能和逃避。在特殊情况下，或时机不成熟的时候，采取以退为进的策略尤为必要。只退不进是懦者，只进不退是莽汉。只有进退得当，善于以退为进者，才能审时度势，把握事物发展的态势，控制自己人生道路的方向。

善退，是一种豁达的情怀。"宠辱不惊，看庭前花开花落；去留无意，望天外云卷云舒。"怀此豁达心胸，方能进退从容、恬然自得。"退"是人生道路上的转乘站，我们可以把"退"视为服务社会、服务他人的新起点；也可以换个姿态过人生，做一些自己感兴趣而原先无暇顾及的事。很多时候，退居二线，退隐江湖，可以看到别样的风景。可能没有高潮迭起，却会有微波荡漾；可能没有轰轰烈烈，却会有恬淡优雅；可能没有累累硕果，却会有心花朵朵。

退时当思进，进时当思退。进的时候，不能一条道走到黑，而要考虑回旋的余地；退的时候，也不能胆怯地一退到底，而是以退为进，为自己留下再次起步的踏板。进一步，豁然开朗；退一步，海阔天空。进退自若，那才是人生的大境界。

坐　忘

一生之中，能够集中精力做成一件事，就已经
相当不简单了。

◎叶春雷

　　"坐忘"，是《庄子》里的一个词，与"坐驰"相对。

　　我很欣赏这个词，如果用成语来解释一下，"坐忘"大致相当
于"心无旁骛"，"坐驰"大致相当于"魂不守舍"。

　　人的精神，有自己的家舍。人守不住自己的精神，经常让它在
外面浪游，不知归家，这样的人生，就是"坐驰"。

　　《世说新语》里讲管宁和华歆是同学。两个人在园子里锄草，
同时看到一块金子，管挥锄与瓦石无异，华却停下来，捡起金子，
掷去之；又一次，两人一起读书，外面经过一辆华丽的轩车，大约
是个高官的车马，管照旧读书，华却抛开书，出门观望。管宁把自
己与华歆同坐的席子割开，从此与华歆绝交。

　　这个故事，耐人寻味。管宁是"坐忘"，华歆是"坐驰"，无
疑，管有定力，华太浮躁。二人的分野，判若云泥。

　　读《居里夫人传》，里面有一个细节至今让我非常感动。居里
夫人好读书，一进入书中，就忘了外面的世界。有一次，她的姊妹

们要干扰居里夫人，就在她的座椅周围叠加更多的椅凳，椅凳高高叠起，只要居里夫人稍微动一下，这些椅凳就会轰然倒塌。然而，居里夫人读书入了迷，硬是纹丝不动，直到居里夫人把书读完，猛地站起来，轰然一声，周围的椅凳全部倒塌，居里夫人才发现姊妹们的恶作剧，也只是淡然一笑了之。

　　成就大事的人，都有这样一种"坐忘"的功夫。《庄子》里讲了许多有关凝神的故事，"佝偻承蜩"就是其中之一。写一个身材佝偻的老人，用竹竿上的蛛丝捕蝉就像用手拾取一样轻而易举。为何能够做到呢？老人说："我是经过刻苦训练的。我在竹竿上叠加一些小泥丸而不掉下来，先是叠加两颗，接着三颗，最后五颗。当伸出竹竿捕蝉时，竹竿头上的五颗泥丸一颗也不掉下来，说明我的稳定性已经绝佳，那时候，用竹竿捕蝉，就像用手去捡，万无一失。而且，当我伸出竹竿的时候，身子就像枯树枝。天地虽然广大，我一心只在蝉翼上，外面的世界忘得一干二净。我不因万物而改变对蝉翼的注意，还有什么蝉捕不到？"

　　庄子用这个故事，告诉我们"用志不分，乃凝于神"的道理。"坐忘"是一种崇高的人生境界，人生苦短，应该把主要精力用在有价值的事情上，不要受一些外在事物的干扰。孔子早就说过："士志于道，而耻恶衣恶食者，未足与议也。"孔子一生，颠沛流离，但他没有放弃自己恢复"周礼"传统的志向，知其不可为而之，显示出强大的精神力量。"坐忘"意味着不要在外面的名利上过于计较，做一件事，只要觉得它于世道人心有价值，就专心去做，至于结果如何，自己能不能从这件事上得到什么好处，那不是自己该考量的。有了这样坦然的心态，就不会患得患失，做事就可以善始善终，百折不回，也就可能做出一点事来。

现代人做事，首先考虑的更多的不是这个事值不值得做，而是这个事做出来对我有没有利。"利"字当头，甚至追求短期效益，追求立竿见影，这样来做事就会急功近利，稍与自身利益相抵触，就放弃掉。这样的做事，就是庄子说的"坐驰"，就是任凭自己被时光带走，被利益左右，完全不由自主，没有一点儿定力。这就像风中的小草，随波逐流，到头来，很可能一事无成。

一生之中，能够集中精力做成一件事，就已经相当不简单了。"坐忘"的精神，就是要我们心无旁骛，执着一点，滴水穿石。光阴不是用来消磨的，光阴是用来开花结果的。"坐忘"的人，就是用心浇灌光阴这棵美丽的树，等到树上开花结果。也许你享受不到自己苦心经营的树上的果实，但总有人会享用，这就美好了。关键是要有果实，而不是自己能不能享受。如果无视光阴这棵美丽的树，不去经营它，任凭它枯萎掉，后人在这棵树下，既不能乘凉，也不能享用它寸甜的果实，只是伤心地摇摇头，从枯枝下走过。那样的人生，多么失败。

钝感生活

钝感是一种生存的能力，是左右生活状态的强大而持久的力量。

◎汪　亭

近些日子，偶感身体有些不适，但又说不上细致。于是找一个中医朋友咨询。他问了一些基本情况后，给出一句"没事儿，你就是闲得慌，活得太敏感"。

我将信将疑。他一脸无奈，只好与我讲起他遇到的一个病人。朋友早上开诊，那人第一人就医。还没坐定，他就焦虑地告诉医生，自己时常感觉胸口烦闷气短，还隐隐作痛。医生朋友询问望诊一番后，让其做心电图和心肺彩超。检查结果，什么毛病也没有。他不相信，继续追问，是不是仪器有误差。医生朋友哭笑不得。

朋友告诉我，这样的病人，他经常碰到。他们往往身体没有问题，时感不适的原因大都出在心理上。由于工作节奏快，压力大，迫使神经过度紧张。其实，就是太敏感。朋友如此一说，也点醒了我。虽然对于疾病，我们应该防微杜渐，但有时也不能太过敏感，草木皆兵了。钝感一点儿地对待身体，可能更有利于疾病的预防和治疗。

我的一个朋友，为人激进、刚强，喜欢活在别人的嘴里，他人的评价对她影响甚大。在公司里，她的工作能力不错，但就是与同事间的交流太少。长此以往，难免有一些同事在背后说她的闲话。一次，她听说一个男同事在其他同事面前讲她争强好胜，爱出风头，不顾他人感受。这下可气坏了我这朋友。为此她郁郁寡欢了好几天，碰到该男子更是横眉冷对。

　　时隔多日，朋友不但没有消气，反而越想越火，于是找到该男子当面理论。结果，对方尴尬不已，连忙解释只是随便说说。古人有云，谁人背后无人说，谁人背后不说人。同事间闲聊，可能是玩笑。纵然有所指，被指者也应该先反省一下自己。工作之中，无须太较劲。用钝感的心态处理人际，反而能让复杂的人事关系变得舒畅和谐。

　　生活有时就像一片沼泽，充满了纠葛、麻烦、失意和痛苦。如果事事上心，时时敏感，我们便深陷其中，不能自拔。钝感是一种生存的能力，是左右生活状态的强大而持久的力量。爱情钝感一点，相互宽容，不必斤斤计较，婚姻会更加美好；工作钝感一点儿，做好本职，对周遭的嫉妒、刁难不过于敏感，事业会更加腾达。

　　钝感是一种超脱的态度，心境平和，宁静致远；钝感更是一种豁达的智慧，不计得失，宽心过日。钝感地生活，放牧心灵，自得其乐。

断　尺

拥有穷苦经历与根底的富贵和拥有富贵志向与勇于拼搏的穷苦，皆为明智而恒定的福乐人生。

◎张鸣跃

　　白云山有一位大师，能测定人的一生究竟有多少福乐多少灾苦，就跟尺衡斗量一样准确。

　　这一天，有一个豪门男人慕名前来求见大师。这男人是开车来的，求见大师还要走十里山道，他只好将车存放于山前，步行进山。见到大师时，他已是疲惫不堪，一副生不如死的苦相，气喘吁吁一时说不出话来。

　　就在这时，一个穷家男人也到了，这男人当然也是走了十里山路到此，不过，这男人走得很快，好像把走路根本没当回事，只急着见大师，终于见到了，一脸欢喜，对大师行罢大礼就要说来意。

　　大师笑说："别忙，二位走了这么远的路，都饥渴了吧？"遂拿来两碗冰水，两个馒头，放在两人面前。

　　穷家男人道个谢，就一口气喝干那碗水，又拿起馒头狼吞虎咽起来。

　　豪门男人只喝了两口水，那硬馒头他是很难下咽的，罢了。

　　大师先问豪门男人："你明明很饿，为什么不吃呢？"

豪门男人羞说："实在吃不下去。"

"你是想知道你的后半生还有多少福乐是吗？"

"是的，是的！"

大师又问穷家男人："你怎么吃得那么香？"

穷家男人憨笑说："我平常也就吃的这些……"

"你是想知道你的后半生还要吃多少苦是吗？"

"是的，是的！"

大师拿出一根尺子，从中间锯断，并将两个断尺分别送给两个男人，说道："你们俩后半生的福乐灾苦是相等的，只是数字的标志不同。"

豪门男人手中的断尺刻度是从 5 到 10，穷家男人手中的断尺刻度是从 1 到 5。两个人盯着断尺左看右看，不大明白。

大师解说："你，生下来是从 5 走向 10，你的 5 和他的 1 是相等的，比如你对山珍海味的味觉和他对馒头的味觉；你，生下来是从 1 走向 5，你的 5 和他的 10 是相等的，比如你半生的心力和他半生的心力。人生难全，都是断尺，想多进取一点儿也是可以的，但方向不同。10，已经满了，就得回头从 1 到 5，修苦即为增福；5，还有可取前景，就得前行从 5 到 10，增福亦需勤苦。"

两个男人终于明白了：人世变幻无常的富贵和穷苦，其实只是刻度不同而实际相等的两个断尺，想要更加美好的人生，就得把两个断尺连接起来——拥有穷苦经历与根底的富贵和拥有富贵志向与勇于拼搏的穷苦，皆为明智而恒定的福乐人生。

无事便是佛

当你为莫名其妙的烦恼所困时，如果能了解自
己的本心，就能找出问题的症结。

◎李训刚

古时有位文远和尚，终日打坐，不思劳作，以拜佛为己任，以为这样便可悟得禅的真谛。赵州禅师看到后便用禅杖打了他一下，问："你在此为何呢？"和尚答道："我在拜佛。"禅师又问："拜佛何用？"文远不得其解道："拜佛也是好事。"禅师缓缓道："好事不如无事，无事胜佛！"

好一句"无事胜佛！"其实无事便是最大的幸福。近读《佛心禅语悟人生》，感受颇深。坦荡平静的心境之中完全没有了外在的纷扰，岂不是更大的快乐？意静才能心轻，而一切的形式只能是一种执着，会给人们的心中带来烦恼和不安。人们常说：一天快快乐乐也是过，苦闷烦恼也是过，何不快快乐乐地过呢！

记得还有位禅师说得好："世上一切牵绊，都是忧和烦恼。"在尘世之中，唯有佛能避开忧和烦恼，避开了，就是灵。灵是一种超脱，一种真气，拿世俗的话来讲就是一种智慧，一种生的智慧。佛禅是一种智慧的启迪，就像哲学一样是生存的学问，这不同于迷

信。参禅可以净化我们的心灵，升华我们的人生，超脱我们的烦恼和俗望。正所谓："无欲则刚，有容乃大。"

滚滚红尘，大千世界，让我们心动的诱惑虽然无法解脱，但还是让我们的心淡泊一些。把幸福和快乐看得淡些，追得缓些，反而会让你"无心插柳柳成荫"。唐代宝积禅师说得好："心若无事，万法不生，意绝玄机，纤尘何立？"当你为莫名其妙的烦恼所困时，如果能了解自己的本心，就能找出问题的症结。只要不去执拗地刻意地想，一切自然周全圆通。烦恼由心生，不想自然无。

被谁所左右

太在意别人说什么，就会让自己陷入一种莫名
的恐慌当中，生怕自己的所作所为会成为别人
的笑料。

◎付朝旭

看过这样一则佛教故事，白云守端禅师与师父杨岐方会禅师对坐，方会问："听说你从前的师父茶陵郁和尚说了一首偈，你还记得吗？""记得，那首偈是'我有明珠一颗，久被尘劳关锁，一朝尘尽光生，照破山河万朵'。"守端毕恭毕敬地说，不免有些得意。

方会听了，大笑数声，一言不发地走了。守端不知道师父听了自己的偈为什么大笑，心里非常苦恼，找不出任何能让师父大笑的原因。那晚，他辗转反侧，无法成眠。第二天只好好去请教师父，谁知道方会禅师笑得更开心，他对弟子说："原来，你还比不上一个小丑，小丑不怕人家笑，你却怕人笑。"守端听了，豁然开悟。

看到这里，我也不由笑了。是啊，为什么我们总是要被他人所左右？为什么他人的一言一行，对于我们来说是如此的重要，甚至于，为此而心乱不已，不能成眠？难道别人所说的这些，对于我们来说，就是如此的重要吗？

太在意别人说什么，就会让自己陷入一种莫名的恐慌当中，生怕自己的所作所为会成为别人的笑料。我们怕别人笑，怕别人说，不正是因为我们将自己的心思寄托在别人的一言一行之中吗？因为别人的一言一行而烦恼，真的还不如那哭笑自如的小丑。

而细想一下自己，又何尝不是这样呢？常因别人的一个眼神、一句玩笑，心生烦恼。有时，别人明明没有这个意思，可我们却总是以自己的心思去揣摩对方的心思。特别是面对自己的爱人，这种情形也变得多了起来，争吵也因此而多了起来。

将书放下，我不禁对自己说，从今天开始，不再被别人的言行所左右。多数的时候，别人所说的，所笑的，其实并不是针对自己，而我又何苦去自寻烦恼呢。只有将这一切放下，才能够让自己快乐起来。

禅师的智慧

明亮是助人腾飞的翅膀，漆黑是阻人前行的障碍。只要眼前明亮，一切深沟都不会成为障碍！

◎巨新旦

　　一位商人经过多年辛苦打拼积攒起来的家业，在一单至关重要的生意之后几乎倾尽，商人接受不了眼前的现实，似乎一下子被打垮了，整日消沉在酒精的麻醉之中。

　　朋友看到之后，决定带他到禅师那里寻求帮助。

　　禅师听了商人的情况后，拿起一条黑布领着商人来到一条水渠边。禅师指着眼前一米多宽的深渠对商人说："跳过这条水渠，然后再跳回来。"商人二话没说就跨步跃过了水渠，

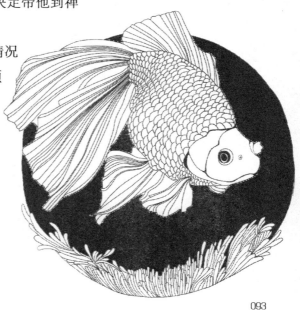

又转身以同样矫健的身法跃回到禅师身边。禅师看了说："刚才你跨过去这条渠易如反掌，现在换种方式，你再跳一次。"说罢，禅师就将手中的黑布蒙在了商人的眼睛上。

眼前一片漆黑的商人，顿时失去了刚才矫健的步伐，双脚试探着向前挪动，挪动到渠边却迟迟不敢迈步……

禅师拿掉商人眼前的黑布，意味深长地说道："明亮是助人腾飞的翅膀，漆黑是阻人前行的障碍。只要眼前明亮，一切深沟都不会成为障碍！"

一番努力之后，商人又开始了蒸蒸日上的生意。

大师不可模仿

唯有一生持之以恒地修行苦练、特立特行、独创而为，才能造就真正的大师。

◎吴礼鑫

一位老禅师，从小就出家来到寺庙。他一边修行悟道，一边自学绘画。到了晚年，他不仅禅学佛道造诣颇高，而且他的禅画技艺也达到了炉火纯青的地步。人们都尊称他为禅画大师。

有一个喜欢画画儿的年轻模仿者，专程去拜访这位老禅师。

他向老禅师请教："大师，我一直喜欢画画儿，特别喜欢模仿画坛大师的画。请问我如何才能将您的画模仿得形象逼真呢？"

老禅师说道："我称不上是什么大师，我只能告诉你一点儿奇谈怪论——世上所有的大师都是不可模仿的，我的画你也无法模仿。"

模仿者问道："这是为什么呢？"

老禅师并未直接作答，而是反问道："什么是大师？"

模仿者沉思默想了一会儿，说道："师父，我无法给大师下一个准确的定义，敬请您赐教。"

老禅师说道："我以前也无法明白大师的真正含义。经过几十年的修行，在一天深夜我突然醒悟——何为大师？立有大志，吃得大苦，受得大难，忍得大辱，容得大污，承得大责，担得大任，做得大事，具有大学，树有精神，有大成就者，惠泽天下、造福众生，才能称之为大师。大师是什么？大师是地，承载万物而不言苦，世人踩着其脚向前，踩着其肩向上，踩着其头前进；大师是天，容纳万物而不言怨，世人寻索其生美，仰望其生悦，崇敬其生慧，敬仰其生德；大师是人，顶天立地之人，不屈不挠之人，无怨无悔之人，大觉大悟之人，大智大慧之人，大成大就之人，大惠大泽之人。何为大志？富有凌云壮志，具有高远目标，拥有宽广心胸，意志坚强，品德高尚，志为人间，惠泽天下，此大志也。真正的大师，生时总是千方百计地隐居在人世舞台的幕后，修行悟道、行善行道，死后因其杰出的成就与震慑的精神而造福千秋万代。"

模仿者说道："师父，听了您这番话，我真是醍醐灌顶，受益匪浅。敬请您告诉我——大师为何无法模仿呢？"

老禅师说道："从古至今，所有的大师，无不以其博深的学识、丰富的阅历、深厚的功力、杰出的成就才奠定其大师地位。他们杰出的作品，往往都是历经千辛万苦，用心血铸造而成。你即使将他们的画模仿得形象逼真，模仿出来的画其实还是他们的作品，并非你创作出的作品。他们是大师，你永远是一个凡人。"

模仿者问道："我为何无法模仿您的画呢？"

老禅师此时又未直接作答，而是反问道："我有三点你能否做到呢？"

模仿者问道："哪三点呢？"

老禅师说道："第一点，我每天晚上都将一张白纸钉在一块大石头上，然后站立在一个小小的木桩上坚持绘画四个小时。你能吗？"

模仿者说道："我不能。"

老禅师说道："第二点，我每天晚上在开始绘画时都要用冷水拂头，让自己的头脑彻底冷静下来，忘记世上所有的一切，甚至彻底忘却自己，力求达到物我相忘的境地，然后逼迫自己的心身都全神贯注在绘画上。你行吗？"

模仿者说道："我不行。"

老禅师说道："第三点，我每天晚上在开始绘画时都要首先仰望着辽阔的星空，胸怀天下、心思天地，尔后再力求将世上的一山一水、一草一木、一景一色都在大脑与内心中幻想成一幅壮阔美妙的画面；我每天都绞尽脑汁、倾尽全力，逼迫自己每天绘画的水平都要超越昨天一点点，每天都必须进步一点点。你做得到吗？"

模仿者说道："我无法做到。"

老禅师说道："我的画不仅是用心血创作的，而且是用生命铸造的。你无法做到这三点，也就无法模仿我的画；你即使倾尽一生，顶多只能模仿出我画的皮毛表象，而无法模仿出我画的风骨精髓。年轻人，唯有一生持之以恒地修行苦练、特立特行、独创而为，才能造就真正的大师。大师只可学习、不可模仿，大师也无法模仿，模仿成不了大师。"

模仿者恍然大悟："是啊！大师不可模仿，模仿成不了大师。"

大师不可模仿，模仿成不了大师！

静水流深

静，是人格的矜持；水，是生命的本源；流，
是活力的体现；深，是心灵的蕴藉。

◎陈鲁民

"静水流深"，雅致蕴藉，寓意深远。静水，象征着低调为人，平静处世，锋芒不露，大智若愚；流深，则意味着胸有沟壑，底蕴厚重，博大精深，内涵丰富。两者结合起来，相得益彰，就是一个洞彻人生的大智慧。

老子有言："上善若水。水善利万物而不争，处众人之所恶，故几于道。居善地，心善渊，与善仁，言善信，政善治，事善能，动善时。"这里，老子高度赞誉的水就是静水，这也是水的原生态。至于常被诗人高歌的大潮汹涌、飞瀑直下、浊浪翻滚、惊涛拍岸等，那并非水的常态，且完全是外力所致，或因月球引力，或因地形跌宕，或因狂风大作，或因火山爆发，等等。像著名的钱塘大潮，一年也就那么几天，大多数时间都是水波不兴。

有经验的人，往水中投一石子，便可知水之深浅。石子入浅水，水花四溅，虚张声势；石子入深潭，悄无声息，不动声色。即所谓"深水不响，响水不深"。人也是如此，动不动就咋咋呼呼、撸袖

子要跟人动手的，那多半是拳术初入门者，连半瓶子醋都没有；真正的武术高手，往往是谦恭礼让，遇事退避三舍，不到忍无可忍，绝不会轻易出手。那些四处做报告，到处坐主席台，名片印满头衔、电视节目里作秀的所谓专家，不是招摇撞骗的假专家，就是已落伍、边缘化的过气专家。看看人家袁隆平，一年四季都待在田间地头，或埋头实验室里，心静如水，可只要一露面，那就准是有新的实验成果问世，给我们带来惊喜。

年轻人多喜欢轰轰烈烈，叱咤风云，过有刺激的生活，做有激情的工作，如果从不甘平庸、渴望建功立业的角度来看，这是有道理的。但实际上，绝大多数人的绝大多数时间里，都在过着平淡无奇的生活，做着日复一日的烦琐事情，如果用水来比喻，这便是静水。你看那万里黄河，九曲十八弯，也就是壶口瀑布那一小段算得上"轰轰烈烈"，其他河段的水流都是波澜不惊，默默无闻，流过亿万斯年。

一般来说，"静水"相对容易，"流深"较为困难。与世无争，甘于平静生活，清心寡欲，持恬淡人生态度，这个很多人都能做到。而把"静水"的生活过得有内涵、有质量、有价值、有建树，即所谓"流深"，就没那么简单了。我们固可以像陶渊明那样，种地喝酒，"采菊东篱下，悠然见南山"，但能像他那样在平静清贫的日子里还创作那么多高质量诗篇，有几人能做到？还有莫言，没得奖时，与大伙儿一样过着"静水"生活，谁也没把他太当回事；得奖以后，大家这才发现，人家的"流深"早已达到大师水准，让我们望尘莫及，自叹不如，只好把莫言家的胡萝卜拔得干干净净，多少也算沾点儿文曲星的"仙气"。

"静水"还要净水。流水不腐，若是一潭死水，由于微生物的作用，很快就会变质发臭。人的生活也是如此，须通过积极自觉的修身养性，来遏制各种微生物的滋长蔓延。可以平平静静，不可以无所作为；可以心无波澜，不可以藏污纳垢；可以与世无争，不可以是非不辨；可以不兼济天下，不可以忘记独善其身；可以宽容忍让，不可以唯唯诺诺。这样的"静水"才能洁净无瑕，这样的人生才会意义非凡。

旖旎的富春江陪伴了东汉高士严子陵一生，美丽的纳木错熏陶了多情诗人六世达赖仓央嘉措，幽静的瓦尔登湖给了美国作家梭罗创作灵感，深邃的桃花潭见证了李白与汪伦的友谊……他们都是静水流深般的人物，又在一汪汪静水中人格得到净化，灵魂得到升华。他们的印迹证实：静，是人格的矜持；水，是生命的本源；流，是活力的体现；深，是心灵的蕴藉。

我追求静水流深的人生，或不能至，然心向往之。

我心有主，我命由心

一切身外之物，统统抛诸脑后，纯真的性格，
活出烂漫的人生。

◎江泽涵

有一日，哲人许衡随众避战，途经一梨园，众人争相摘梨。只有许衡一动不动。有人问："跑这么久，不渴吗？"许衡说："不是自己的梨，不能乱摘。"那人笑："世道这么乱，梨树哪还有主人？"许衡说："梨园无主，我心有主。"

"我心有主"的"主"，指的是主张，站在信仰的高度上。一个人若没有信仰，他的一生该多么无趣呀，而这人又该多么可怕。

林平之，《笑傲江湖》中的一个悲剧人物。他的一生之所以悲剧，就是因为没有信仰。原本很同情他，变坏许是受了环境的压迫。几日之间，从阔少沦为乞丐，尊严一次又一次被践踏，还见识了伪君子的手段，这些都在他的心底埋下了隐患。

所以，他为了生存，可以陷害无辜的人，不惜利用世上唯一真心爱他的岳灵珊，还将她残忍地杀害。所以，他为了复仇，就以阴险抗阴险，甚至自宫练就神功，对仇人就像猫玩老鼠，在残忍中品味复仇的快感。

我想，林平之是没有真正爱过岳灵珊的，一个人若心中有爱，那么仇恨就不会这般强烈。

　　莲出淤泥而不染！心灵岂是说扭曲就会扭曲的？再说一个遭遇相近，而命运相反的人，就是林平之的大师哥令狐冲。

　　一生敬爱的师父误解了自己，青梅竹马的小师妹移情别恋，一身内伤不知几时就死，整个武林都在唾骂自己，声名狼藉……

　　不过，他依然可以笑口常开，真诚待人，因为他那颗朴素的心没有变。即使当得知自己的不幸都是师父所赐后，也仅仅是失望，并无仇恨。

　　有人说是令狐冲运气好，不仅有风老的剑法传授、正教宗师的支持、绿林豪杰的爱戴，重要的是拾获了任大小姐的垂青，还有任我行这个老丈人的赏识。

　　试想，林平之遇上风清扬、任我行，他肚里打官司的性格，俨然岳不群的青年版，最令这俩老家伙厌恶不过了。他的遭遇一样得不到和尚道士的相助，因为他们早已看穿这人心术偏邪。

　　有人又要为林平之的本性辩解了，比如为不相识的丑女打抱不平。这可不是因侠义，而是血气方刚。强龙不压地头蛇！你一伙外乡人当着我少镖头的面调戏女人，这脸还往哪儿摆？出手惩戒一番，倒可脸上增光，出了事还有老爹和辟邪剑法撑腰。

　　他若生在贫寒之家，是绝无此胆的。瞧，在镖局灭门前夕，他果真后悔自己这一"义"举了。

　　至于令狐冲呢，义救仪琳，支援恒山派，明知敌强我弱，依然挺身维护，无有怨悔，这就不是逞英雄了，而是大丈夫所为，真正的侠者之心。

我心无主，张口就仁义道德，所谓的胆识、骨气和侠义，并非出自本心，只是倔强罢了；遇到挫折的时候，总是怨毒于人，在危急关头，本性裸露无遗，进而将人性的恶面演绎到极致。

我心有主，明知不可为而为之，其情可鉴。襟怀宽阔，有了愁苦，也能及时排解，仇要报，但，不是人生第一位。一切身外之物，统统抛诸脑后，纯真的性格，活出烂漫的人生。

许公言：我心有主。千古绝唱！不妨再添一句：我命由心！

简单者寿

天地有大美，于简单处得。人若简单，则快乐
也随之而至了！

◎沙　平

世上健康长寿之人，大多活得简单，世界最著名的三大长寿区
是：巴基斯坦罕萨村、俄罗斯高加索柏格维奇村、厄瓜多尔维加班
巴村。这些长寿区都属该国偏远地区的农村，居住在这里的村民从
来都不想当"大款""富婆"，他们世世代代满足于过着知足常乐
的简单的农耕生活，而这就是他们普遍健康长寿的重要原因。

马寅初因主张控制人口，当年"全国共讨之"，有人跑来告
诉他：你北大校长的职务被撤销了！他只是"哦"了一声。二十多
年后，又有人跑来告诉他：你的问题"平反"了，北大校长的职
务也恢复了（因已退休故被命名为北大名誉校长）！他也只是"哦"
了一声。他淡泊名利，活得简单，诚如《菜根谭》中一副对联所
描述的那样："宠辱不惊，闲看庭前花开花落；去留无意，漫随
天边云卷云舒。"再看冰心，20世纪50年代她丈夫被打成右派，"文
革"中她亦未能幸免，七十多岁的老人了还被弄去批斗和打扫厕所
进行"劳动改造"，但她却认为："如果你简单，那么这个世界也

就简单。世界变得复杂，不是因为别的，而是人为制造使然，社会虽然复杂，只要我们内心简单点就行了。"正因为有此超然于世的认识，人生的一切包括从磨难到名望、财富，她全都不放在心上，毕生有些稿费积蓄却认为是累赘，生前就把它全部捐给了社会才心安理得。像马寅初、冰心这样的精英人物，却具有如此单纯的内心世界，过着如此简单的生活，所以尽管他们命运有过坎坷、有过大起大落，但他们都是长命百岁的"世纪老人"。

天地有大美，于简单处得。人若简单，则快乐也随之而至了！人生之简单，有如生命天空中的一轮皎月，有着清清凉凉的宁静，故知足者能常乐也。人的各种欲望太多又无法实现，就会感到无限痛苦，就会感觉活得太累，自然就短寿。

人生苦短。幸福是单纯的，单纯一点儿，欲望就可以少一些，也就不会因此欲壑难填而感到痛苦。幸福其实也很简单：我们至深的需要不过是有如冬日和煦的阳光，这在一般情况下都是可以得到的，只要你不是欲壑难填，得到了也就会满足，也就会感到幸福了！幸福之计在于简，长寿之道也在于简。简单是一种人生的智慧，有了这种智慧，你就会懂得自己需要什么，应该放弃什么，从而排除干扰，挣脱羁绊，以超然、自然的态度，成就丰满充盈的人生。

被誉为"汉语拼音之父""语言巨擘"的我国著名语言学家周有光，1906 年 1 月 13 日出生于江苏常州，已百岁有余，但目前这位大师级人物依然每天看书、写作、活动。每当有人向他讨教长寿的秘诀时，他就拿出一篇自撰的《陋室铭》示人："山不在高，只要有葱郁的树林；水不在深，只要有洄游的鱼群。这是陋室，只要我唯物主义地欢乐自寻。房间阴暗，更显得窗子明亮；书桌不平，更怪我伏案太勤。门槛破烂，偏多不速之客；地板跳舞，欢迎老友来临。卧室就是厨房，饮食方便；书橱兼做菜橱，菜有书香。喜听邻居的收音机送来音乐，爱看素不相识的朋友寄来文章。使尽吃奶力气，挤上电车，借此锻炼筋骨；为打公用电话，出门半里，顺便散步观光。仰望云天，宇宙是我的屋顶；遨游郊外，田野是我的花房。笑谈高干的特殊化，赞成工人的福利化、农民的自由化，安于老九的贫困化……"这篇妙文，充满了幽默和达观，活脱脱再现出周老的生活起居、处世为人和精神风貌。做一个简单的人，过一种粗茶淡饭、知足常乐的简单的生活——这样的人才是生活的智者，这样的人也都往往是长寿的。

栉风沐雨生命更芬芳

当我们被苦难折磨到不能承受却还能微笑地面
对的时候，你会发现自己的内在空间扩大了，
内在力量增强了。

◎章剑和

　　一个屡屡失意的年轻人来到普济寺，慕名寻到老僧释圆，沮丧
地说："人生总不如意，活着也是苟且，有什么意思呢？"

　　释圆静静听着年轻人的叹息，末了吩咐小和尚说："施主远道
而来，烧一壶温水送过来。"

　　少顷，小和尚送来了温水。释圆抓了茶叶放进杯子，然后用温
水沏了，微笑着请年轻人喝茶。杯子冒出微微的水汽，茶叶静静地
浮着。年轻人不解地询问："宝刹怎么用温水泡茶？"释圆笑而不
语。年轻人喝了一口细品，不由摇摇头："一点儿茶香都没有呢。"
释圆说："这可是名茶铁观音啊。"年轻人又端起杯子品尝，然后
肯定地说："真的没有一丝茶香。"

　　释圆又吩咐小和尚："再去烧一壶沸水送过来。"少顷，小和
尚便提着一壶沸水进来。释圆起身，又取过一个杯子，放茶叶，倒
沸水，再放到茶几上。年轻人俯首看去，茶叶在杯子里上下沉浮，
丝丝清香不绝如缕，望而生津。

年轻人欲去端杯，释圆作势挡开，又提起水壶注入一线沸水。茶叶翻腾得更厉害了，一缕更醇厚更醉人的茶香袅袅升腾。释圆如是注了五次水，杯子终于满了，那绿绿的一杯茶水，端在手上清香扑鼻，入口沁人心脾。

释圆笑着问："施主可知道，同是铁观音，为什么茶味迥异吗？"

年轻人思忖着说："一杯用温水，一杯用沸水，冲沏的水不同。"

释圆点头："用水不同，则茶叶的沉浮就不一样。温水沏茶，茶叶轻浮水上，怎会散发清香？沸水沏茶，反复几次，茶叶沉沉浮浮，终释放出四季的风韵：既有春的幽静、夏的炽热，又有秋的丰盈和冬的清冽。世间芸芸众生，又何尝不是沉浮的茶叶呢？那些不经风雨的人，就像温水沏的茶叶，只在生活表面漂浮，根本浸泡不出生命的芳香；而那些栉风沐雨的人，如被沸水冲沏的酽茶，在沧桑岁月里几度沉浮，才有那沁人的清香啊。"

人生中，痛苦是成长的最佳燃料。"燃料"是什么意思？就是要燃烧，要痛苦。但是，也有很多人苦受了，却无法成长或受益。这是为什么？原因很简单，你是否能在痛苦中成长，取决于你对苦难的态度。如果你觉得自己是不折不扣的受害者，一切都是别人或生活的过错，那么很抱歉，你虽受了苦，却学不到功课。

人生最大的成长来自于在受苦中保持着信心和希望，把苦难的考验当成功课来做，认为这不是生活恶意的玩笑，而是精心为我安排的培训。培养接受自己内在负面情绪的能力（和它们共处于当下

的能力），多看看书，多和有生活智慧、对你关心的友人交谈，这样会让你比较迅速地走出痛苦。当我们被苦难撕裂、击倒、折磨到不能承受却还能微笑地面对的时候，你会发现自己的内在空间扩大了，内在力量增强了。同时，你对自己和世界也更有信心了。

很多人都吃过茶叶蛋，会吃的人一定要挑蛋壳破裂最多的，这样的才最入味。同样，一个人人生经历愈丰富，挫折愈多，也就是生命皱褶愈多的人，愈有味道。苦难真的可以帮助一个人成长，而之后的快乐自在是我们想象不到的。

有一位赫赫有名的集团老总，他农民出身，经历坎坷，种过田、开过手扶拖拉机，在四十岁以前，他穷困潦倒，家徒四壁，没有人看得起他，包括他的妻子。

但是，他只身下海，从做小本生意开始，在短短十年内，把一家手工作坊奇迹般地扩张成资产上亿的私营企业。

有记者采访他："如果出生在城市，受到良好的教育，有稳定的生活环境，你现在的成就可能会更大。"

他沉默了一会儿，说："也许可能。但是，我相信，如果我不生长在农村，没有经受过那么多的失败和苦难，而像其他农民一样有衣穿，有房住，有人看得起，我会心安理得地过下去，绝不会开办自己的手工作坊。从这个意义上说，我要感谢生活，感谢失败和苦难。"

苦难并不意味着永远苦难，幸福也不意味着永远幸福。生活有时常常违反常规，以另一种形式出现在我们的面前。在许多时候，幸福往往会变成一道减法题，一点点减去你的志气、奋斗和体魄。而苦难却成为一道加法题，不断地加上你的梦想、努力和汗水，累积起来，就拉上了成功的手。

当然，人的本性都是追逐快乐的，谁也不希望苦难"垂青"自己。但有一个残酷的问题却不容回避，那就是苦难一旦真的降临到你头上，该怎么办？是悲观地逃避，让它压垮你，还是燃起希望之火，从精神上压倒它，用行动来挑战它、超越它？许许多多的成功人士选择了后者。他们把苦难视为上苍对自己的考验，积极乐观，坚强自信，笑对命运，用实际的行动和不懈的努力书写出了精彩人生。

亲爱的朋友，在人生的长河中，勇敢地接受生活给你的种种磨难和考验吧，栉风沐雨将使你的生命更加芬芳多彩！

一朵花的心

生命里不卑不亢不高傲，享受本心的努力和丰盈，如花开花落，如云卷云舒一般坦然无悔。

◎陈　华

寺院新来了两个小和尚，一高一矮。高个儿小和尚憨厚、木讷、不善言辞，矮个儿小和尚精明、善变、伶牙俐齿。

一日，老和尚担出两副水桶，让两个人各担一副去浇灌新修整好的两个花圃。

两副木质水桶一新一旧，旧的一副可见几处裂缝。

两块花圃一大一小，东边的面积大，西边的面积小。

矮个儿小和尚眼疾手快，挑选了一副新水桶，眉梢间流露出无法掩饰的喜悦，不一会儿就将汲满水的两只桶担在肩上，优哉游哉地直奔西边的花圃。

高个儿小和尚只好担上旧水桶去汲水。由于水桶时日已久，上面布满了漏洞和缝隙，一桶水担到花圃只剩下不足半桶。

矮个儿小和尚很快浇完了自己抢占的小面积花圃，斜靠在一个粗大的木桩上，眯起眼睛晒太阳。两个小时过去了，高个儿小和尚的花圃才浇完一半。矮个儿小和尚掩嘴痴痴偷笑，暗自庆幸自己先下手为强。

高个儿小和尚不温不火，依然按部就班地浇灌着花圃。

三个月后，花圃里百花争芳吐妍，微风轻拂，花香四溢，沁人心脾。老和尚颔首微笑，陶醉其中。

有一天，老和尚要下山布施，决定在高矮两个和尚中挑选一个随行。矮个儿小和尚似乎胜券在握，一早就做足了准备。始料不及的是，老和尚选中的是高个子小和尚。不愿服输的矮个儿小和尚找老和尚讨要说法。

老和尚说："跟我来。"两个人一前一后踏上高个儿小和尚汲水必经的小径。目之所及，矮个儿和尚一下子就愣住了，只见青石铺就的小路边沿，一条鲜花小径一直延伸到花圃。那些红的、黄的、白的小花，姹紫嫣红，争先恐后，充满生机地怒放着，一种淡然的清香恬静拂面。小和尚脱口而出："好美！一点儿不比花圃里的花逊色。"老和尚问："你看到它们为自己的处境斤斤计较了吗？你听到它们争吵着要寻一片好的土壤安身了吗？""没有，它们是那么努力地绽放。""这就是一朵花的心！"说完老和尚扬长而去。

"一朵花的心"，矮个儿小和尚站在那里，恍然大悟——生命里不卑不亢不高傲，享受本心的努力和丰盈，如花开花落，如云卷云舒一般坦然无悔。做最好最淡定的自己，是多么美好的修为和境界呀！

简　静

这个世界，难得见到真正的优雅，就是因为有
香味的灵魂越来越少。

◎马　德

简静，就是不活得热闹。只因知，热闹处即烦恼处。

人世所有的欲望，都在热闹里；所有的沦陷，也都在热闹里。离热闹远一些，就意味着离沦陷远一些。人活得简静，不是没有了烦恼，而是从此不再自寻烦恼。让想着一步登天的人去吧，然后，静看人世间种种万劫不复。

酒桌，远比书房热闹；市井，远比古刹热闹。简静的人，人在书房，心在古刹。相比无数人的狂欢，简静厮守的是一个人的热闹。

简静，不是远避尘世，而是远避喧嚣。俗世有太多的蝇营狗苟，简静的人，以心灵的弦歌雅意与之对立和抗争。谛听，凝视，遐思，徐行，独酌，肉身不再苟且于俗世，唯听凭灵魂或低吟或长啸，或自语或对答。一个人的自在风流，其实就是活得找到了自己。

简静的人，都会有一点儿孤芳自赏，甚至还有一点儿顾影自怜。他们不愿在众人面前张扬，只愿低调平和行事。简静是一种收敛和蕴蓄，至冲淡，至平和，然后在自我的心境里秋水长天。他们无意追逐物质层面的繁盛，只在精神的高地，兀自风雅。

简静的人，生活是单调的，但单调得干净。因为不卑不亢，不用迎合谁，也无须取悦谁，没有利益上的交往甚至交易，自然澄澈见底。一个人，活得越简单，就会越干净。干净，才是灵魂应有的香味。

这个世界，难得见到真正的优雅，就是因为有香味的灵魂越来越少。

一个混迹于无数个朋友中的人，有一天突然只愿守着妻儿老小哪儿也不去了，一定是走向了简静；一个曾经沉迷在钱权中的人，有一天突然说，活着，跟钱没有多大关系，跟权力也没有多大关系，也一定是走向了简静。简静，就是放下了多余的，就是解开了一条条绳索，就是打开一道道门、一扇扇窗，把忘记了好多年的阳光放进来。

简静的人，不再关注别人升官发财了。偶尔听到，也会微微一笑走开。他们更愿意关注一片云飞，一朵花开，然后，守着一壶茶，不去喝到茶凉。

简静的人，从他人那里，一步一步退回到了自我的生命里，深知"热闹是别人的，我什么也没有"的人生况味，一切删繁就简，走向生命内在的丰富和高贵。

一个人，活到一定的岁数上自然就简静了。多能折腾的人，最终也都会被岁月打回原形。因为行万里路，阅无数人，看到了更多，也看透了更多，心凉了，也安静了。

你们玩吧，我只想自己待一会儿。简静，就是这样微笑着远离喧闹，一个人，去盛享生命的清幽。

君子之交淡如水

真正的友谊，不在你得意时赶热闹，也不在你
失意时冷场。

　　"王爷，那送酒的家伙胆子太大了，竟然以水充酒，欺骗王爷，
请王爷重重罚他！"被称为王爷的姓薛名仁贵，他让属下打开一坛
一位故交送来的"美酒"后，那属下如此惊呼道。薛仁贵一看乐了，
当即饮下三大碗，还说，味道好极了！

　　送"酒"的这位故交名叫王茂生。以前薛仁贵在穷得连衣食都
无着落的时候，经常得到王茂生的接济。后来薛仁贵参军，在平辽
时立下战功，被皇帝封为"平辽王"。封王后薛仁贵那可就是身价
百倍了，前往王府送礼的人络绎不绝，可这些礼都被薛仁贵一一谢
绝了，他唯一收下的就是故友王茂生送来的"美酒"。

　　王茂生送来的"美酒"实为清水，薛仁贵不但不恼，反倒很高
兴，因为他知道王茂生是寒士一个，以水代酒实在也是一番美意，
水中蕴含着浓浓的故情友谊，因此他感慨地说："这就叫君子之交
淡如水！"

　　"君子之交淡如水"出自《庄子·山木》："且君子之交淡若

水，小人之交甘若醴；君子淡以亲，小人甘以绝。"真正的朋友就像水一样透明清澈，真正的友谊没有任何的杂质。世事繁杂，人心浮沉，你得意时不要被门庭若市的假象所迷惑，因为阿谀谄媚者有之，虚伪赞颂者有之。得意时的门庭若市，往往会被失意时的门可罗雀所代替，因为小人以利交之，利尽则散。所以真正的友谊，不在你得意时赶热闹，也不在你失意时冷场。君子之交淡如水，可那份情谊，却如春风拂面，温暖人心。

君子之交淡如水，在巴金和沈从文的友谊中也体现得淋漓尽致，两人从相识到相知，一生一直保持着深厚的友谊。他们两人的出身、经历、气质以及艺术见解都迥然有异，在文坛上也分别有着不同的"圈子"。巴金崇敬鲁迅，而沈从文与鲁迅之间却有误解；沈从文与胡适、徐志摩、周作人等人有交往，而巴金对这些人却是敬而远之；巴金曾写小说讽刺周作人，沈从文却写长文与他争论。这种现象一句古语可以解释：君子和而不同。正因为这两位是君子，他们不想也不会从对方处获取什么利益，所以他们的友谊才能像水一样源远流长，善始善终，被后人津津乐道。

我们生活在这样一个以利益为链接的时代，种种的诱惑让人们走到了一起，但真正的君子，双方都能保持一定的距离，讲求原则，以义交之。这样，双方的心灵才会像磁石一样，吸引着对方又被对方吸引，友谊看似淡若水，实则深似海。

君子之交淡如水，真好！

空杯心态

当一个人自以为学富五车的时候，才正是应该
虚心学习的开始。

◎晨　风

　　天下的水流，没有比海更大、更宽阔的了。因为它把自己放低，
无数河流的水，不断地流入大海，可是大海始终不会溢出来。

　　人也一样，懂得虚怀若谷可以不断地成长，一旦自得意满就难
有进步。就像一个瓶子的瓶盖被拧紧的时候，无论我们试着倒多少
水，或倒多少次，都无法为瓶子装满水，因为水永远装不进去。

　　一个满怀失望的年轻人千里迢迢来到寺院，对住持说："我一
心一意要学画画儿，至今还未能找到让我心满意足的老师。"

　　住持笑笑问："你走南闯北了十几年，真的没找到满意的
老师？"年轻人深深叹口气说："许多人都是徒有虚名，见过他们
的画作，有的甚至还不如我。"住持听了淡淡一笑说："既然施主
的画技高过一些名家，可否请你为老僧画上一幅，留作纪念。"说
着，便吩咐一个小沙弥取来笔墨纸砚。

　　住持说："你能不能为我画一个茶杯和一个茶壶？"

　　年轻人听了，立即拿起笔，自信满满地说道："这太容易了。"

年轻人寥寥数笔，就画出一个倾斜的水壶和一个造型典雅的茶杯。那水壶的壶嘴正徐徐吐出一脉茶水来，注入那茶杯中去。

　　"这幅画您满意吗？"年轻人问住持。

　　住持微微一笑，摇了摇头说："你画得确实很好，只是把茶壶和茶杯放错位置了。应该是茶杯在上，茶壶在下。"

　　年轻人听了，笑道："大师何以如此糊涂，哪有茶壶往茶杯注水，而茶杯在上，茶壶在下的？"

　　住持听了，又微微一笑说："原来你懂得这个道理。渴望自己的杯子里注入那些画画儿高手的香茗，但你却把自己的杯子放得比那些茶壶还要高，香茗怎么能注入你的杯子呢？"年轻人沉默良久，终于恍然大悟。

　　在现实生活中，类似自大、自傲、懈怠而导致一败涂地的故事不胜枚举。有很多人不自觉就犯了自傲的毛病，一旦有点儿小成就，就趾高气扬。殊不知，当一个人自以为学富五车的时候，才正是应该虚心学习的开始。

不要误解

不要误解上帝抛给我们的诱惑和拷问，对此要
报以一颗纯美和真挚的心。

◎清风莞尔

不要误解骄阳

初春温暖的阳光亲吻了还很冷漠的大地，一夜之间大地挺出了嫩嫩的新绿，于是初春的阳光赢得了美丽的礼赞。

可是盛夏庄稼拔节、果实青涩之时，骄阳烈日扑来，令人煎熬难忍，于是，人们向夏日的阳光投出了几分责怨。

是我们误解了骄阳。殊不知正是它的如火一般的热情，才使大地万物竞相茁壮成长，在酷暑的折磨中，成长中的生命便多了几重刚毅和韧力。

其实，阳光和煦也好，酷热也罢，都是送给人间的礼物。误解了它，对自己是一种伤害。

不要误解暴雨

细雨清风，草绿花嫩。撑起伞，撑起一片芬芳，雨中漫步，别有几许盎然情趣，细雨成了润泽记忆的诗句。

可是，电闪雷鸣过后的狂风暴雨，铺天盖地，肆虐恣意，泥泞中独步，跌倒爬起，喘不过气，于是，人们在叹息的同时也在怨恨着暴雨的无情。

是我们误解了暴雨。殊不知正是暴雨的冲刷，惊醒了人们虚弱的迷梦，也使我们感受一下风雨兼程的艰辛与不易。

其实，雨，无论温柔，还是猛烈，它对人们都是沐浴和洗礼。有时需要我们睁开眼去欣赏，有时又需要我们闭上眼去品味，有时还需要呼啸间瞪大眼不要迷失了远方的路。

领教了不同的风雨，自然历练了阅历。

不要误解狂风

无风之时，我们仿佛能捧起空气的纯净。清风徐来，则轻轻溅起了我们心湖的涟漪，在这静谧中，我们觉出了自己的优雅，也感到了身心的放松。

这难得的时刻，真想叫时光停下，让流连成为永恒。

可是狂风突来，打破了宁静的思考，搅乱了安稳的设计，冲击了平和的心序。把自己暴露在呼啸之中，也不失为一种灵魂的震颤。在狂风中起舞，让自己的激情张扬而显英雄风姿。

其实，和风与狂风，只是生活的两个侧面，于和风中多些悠思，于狂风中多些挥舞，这正是动与静的融合，收与放的平衡。

接受了狂风的问候，更使自己的筋骨强劲而不屈于世。

不要误解上帝抛给我们的诱惑和拷问，对此要报以一颗纯美和真挚的心。

误解了，乱了自己的心境，也乱了自己的手脚，受伤害的只能是自己。而最可怕的是，我们在误解生活的时候，不经意也会被生活误解，被人看错更是一种痛苦。

让我们多一些智慧，分辨清晰是与非，不被变幻的风云迷住眼。

让我们多一些睿智，驾驭好波浪中船的风帆，即使飘摇，也要驶进向往的彼岸。

让我们多一些豁达，接受一切美好的馈赠和并不美好的索取，得到也好，失去也罢，于风雨中不失自我，于挣扎中保持本色。

伤痛的痕迹

抚慰伤痛，未必能够抹平累累的伤痕；沉溺已往，伤痛只能随着时间的推移愈来愈深。

◎逐梦尘沙

在老家一片高大的杨树林中，我发现在每一株杨树的枝干上，都长有无数只大大小小的眼睛，或哭或笑，或静或眺，或凝眸或深思，或沉静如水，或愤怒似焰，或俯视世间的一切，或仰望太空苍穹……

一时间，我惊讶于造物主的神奇与伟大，众多大大小小的眼睛，都闪耀出睿智的光芒。站在这千万只眼睛中间，只感觉每一只眼睛仿佛都在审视着你，都在向你诉说着什么。

护林老汉告诉我，这大大小小的眼睛其实并不是与生俱来的。这些杨树在幼小之初枝干平滑光洁，但当最初的叶子开始脱落时，叶蒂与枝干结合处便留下了一道伤痕，随着枝干长大变粗，伤痕非但没有消失，反而愈加清晰可见，便形成了大大小小的眼睛；也有些是由于主干枝杈被毁坏、折断留下的痕迹，那被毁坏枝杈的表皮便形成了眼睑，枝杈的骨髓就变成了凝视的眸子。

我终于明白了，每一只眼睛都是创伤所留下的痕迹，每一只眼睛里都有着一段伤痛的经历，每一个眼神都在倾诉着这份痛楚的由来。树龄越小，伤痛便越少；树龄越大，伤痛也就越深越多。但不论是弱不禁风，还是高大参天，每一株树都经历过相似的伤痛，每一处伤疤又都有着各自相似却又不同的故事。而且无论这创伤有多深多重，每一株树在各自的成长中又都能够将它背负于身，隐忍于心，仅留下一只只回眸沉思的眼睛，偶尔才会让人想起这伤痛的痕迹。

望着枝干上数不清的眼睛，看着那如哭如笑、如泣如诉的神情，我不禁惊叹于自然物种的神奇。一株幼小的生命，何以能够隐忍如此众多的身心之痛？沉迷于过去就会迷失现在和未来。有些伤痛你可能永远都无法抹去，那就不妨将它镌刻于身，留作生命中一道道永远值得回味的、永恒的风景，岂不是更好？

抚慰伤痛，未必能够抹平累累的伤痕；沉溺已往，伤痛只能随着时间的推移愈来愈深。割舍伤痛，尘封记忆，方能活出真性情。

树如此，做人，何尝不如此呢？

无人之境

对于一个人而言，这种境界就是人生的旗帜，
就是不懈的追求中独辟幽径的智慧。

◎洛　英

山花在恣意开放时，并不曾想过让谁去欣赏，即便是蜂儿蝶儿
鸟儿，也全然不在它的视线之内。山花的开放，只是生命的自然尽
情地释放和展示，释放给蓝天白云，展示给日月星辰。

溪流在叮咚歌唱时，并不曾奢望过谁的赞美，也不曾奢望过谁
的应和，它只是要把一腔的清澈和温润留在青青的草地和青青的四
野。那是寂寞中明净如云的歌唱，那是生命中一次又一次淡然超脱
的远行。

落叶在悄然飘逝时，并没有悲伤也没有彷徨。恰又像一场倾情
的舞蹈，而全然不顾周围的风声雨声，也全然不顾寒风已至、霜雪
将来的凛冽。它的渴望就是要把满怀的痴情凝于最后的一舞，如同
人生中最为辉煌的演出。

它们拥有天地间最美的风采，那就是如同出入无人之境一样的
倾心和专注。

把一切荣辱抛在身后，把一切欲望抛在身后，把一切患得患失

的顾虑抛在身后，把一切私心杂念抛在身后，就是走进了一个无人之境的世界。这世界就是你内心拥有的天堂，就是一个被你的情操和品德打磨得晶莹剔透的世界，一个可以让你变得出神入化灵魂如翼而自由飞翔的世界。

我曾经问过一位诗人，面对诗歌时你想到了什么。诗人说："那是一个没有丑恶、没有污浊的世界，那是一个没有任何人可以阻挡你走向美好的世界。在那个世界里，只有你一个人在歌唱，只有你一个人在思索，只有你一个人在微笑，你不需要看任何人的眼色，就像进入无人之境一样，可以自由地想象，可以自由地创造。"

我曾经问过一位承包了几百亩土地的农民，面对田野的庄稼他想到了什么。他说："每畦田地都有我的希望，每一棵稻谷都是我的欢乐。这大片的庄稼就是我的世界，这世界里只有我的汗水和泪水，我的眼睛只需紧紧地盯住四季，因为我的一切努力都是为了收获。我不能受到任何干扰，我得全神贯注日日劳作。"

无论诗人或农民，在从事他们的事业时，都有着出入无人之境一样的倾心和专注。无人之境的境界，就是投入全部身心的境界，就是不被他人左右的境界，就是成就人生丰满生命的境界。对于一个人而言，这种境界就是人生的旗帜，就是不懈的追求中独辟幽径的智慧。这智慧能使人删繁就简而丰硕在握。当我们抱怨机遇的不公时，当我们抱怨命运的不济时，当我们心灰意懒唉声叹气时，我们是否思索过人生的选择？我们是否太在意对世俗的迎合？我们是否太专心于对机巧的运用？我们的一言一行，是否受到了别人太多的影响，甚至被别人的意识捆住了手脚，或是太注意自己在别人心中的形象而陷入了无法自拔的泥潭，或是坠入了深渊继而丧失了自我、丧失了对事业的那份专注之情呢？人生的脱颖而出，需要人性的舞台。人生的成功，需要全部身心的投入。排除一切干扰，挣脱一切羁绊，就能变得超脱，就能登临生命的高度。一朵山花的美丽，一条溪流的追求，一片落叶的潇洒，对于我们就是出入无人之境的启示。有了山花落叶流水的品质，你就会拥有一片独自驰骋的天地，你就会拥有青山绿水一样的生命。那就是你绰然的风姿，那就是你惊世骇俗的魅力。

自然密码

　　烟波浩渺，天宽地阔，自然就是你案头山水，既有风光旖旎，又有夹缝悬崖。面对浮躁的尘世，多到大自然中行走，师法自然，既可欣赏自然之美，又可觅得生活禅意。敬畏生命，夹缝中求得生存，灵魂深处的悬崖定会绽放出娇艳的玫瑰……

做人当如山

孔子所谓"智者乐水，仁者乐山"，便是中国
文化史上关于人与自然的最早领悟。

◎余光明

芸芸众生与自然万物在精神实质上是相通的。当人类实现了心灵世界与自然精神的融会沟通，我们就会惊奇地发现，平淡无奇的山水草木花鸟鱼虫给了我们许多做人的启迪。孔子所谓"智者乐水，仁者乐山"，便是中国文化史上关于人与自然的最早领悟。

常常登山看山想山，于是对山有了一种别样的感受——做人当如山。

山，地表隆起之物。它负势竞上，陡石侧立，巍峨挺拔，气度不凡。做人当如山，不是指昂首天外，居高临下，盛气凌人，目空一切，而是说精神境界要高，思想品德要高，见解见识要高，工作水平要高。当年，范仲淹在赞颂桐庐郡严先生时写道："云山苍苍，江水泱泱。先生之风，山高水长。"用"山高水长"比喻人品节操之高洁，足见人们乐山、爱山、赞山、比山，往往是由表及里、重神取义的。山，不仅代表着恒久和安详，更象征着稳重、宽厚、大度与刚毅。山的性格是稳重的，临谤不戚，受誉不喜，遭辱不怒，

天天看云卷云舒，年年赏花开花落，身高不言高，体厚不称厚，每临大事有静气，任凭风吹浪打，我自岿然不动。这种性格、这种品质，正如南宋诗人杨万里所道："却有一峰忽然长，方知不动是真山。"

山的胸怀是宽大的，无论是参天大树还是歪树残枝，无论是名花贵卉还是野花小草，山都给以生存的空间；无论是百鸟争鸣还是虎啸狼叫，无论是孔雀开屏还是小猴淘气，山都给以居住的自由；无论是候鸟飞来飞去还是动物上山下山，山都不怨不恨，笑迎笑送。它追求兼容、厚德载物，凡是有生命的东西，山都迎你来，留你住，为你提供用武之地。即使是"岩留冬夏霜"，也让你"千万和春住"。山是孤独的，但它并不寂寞，因为它拥有一个博大而精深、丰润而宽厚的内心世界。

正因为山的稳重、宽厚、大度与刚毅，所以才有千万年的昂然矗立，傲视天下众小，挺拔于天地之间，高标逸韵，卓尔不群；所以才有蓝天的呵护，阳光的问候，白云的牵挂，江河的依偎；所以才有苍山耸翠，清风送爽，溪水潺潺，鸟语花香。

看山思人，做人如山，虽难如是，心向往之。

叶的轮回

当春风轻拂，春日渐暖，她在枝头又一次绽满
鹅黄，依旧欣喜惊讶地看着这个世界，重新开
始了又一轮思想。

◎黎卓玉

世间万物皆有灵性，想那风中摇曳的翩翩树叶，也是片片轻盈
而执着的生命。

当春风轻拂，春日乍暖，她在枝头绽开鹅黄，露出尖尖细角的
时候，是否会睁开惊讶的眼睛，欣喜地看着这个被她点染的世界呢？
涉世不深的她也许会为自己点活这枯寂的世界而自豪，为自己的鲜
活和娇嫩而稚气地骄傲呢！

时光匆匆，夏日晒退了芽的娇嫩。满枝的鹅黄渐渐羽化成片片
平滑舒展的翠绿，在阳光下闪烁着青春的靓丽。这时，叶子恍然悟
到：墨绿的颜色才是奉献者的肤色，吞吐吸纳、滋养润泽才是自己
的价值。把劳动的每一分收获都献给树干，化作同心圆一圈一圈无
限延展。于是她享受着每一缕阳光，她渴望着每一滴露水，她热烈、
执着、勤奋而无怨无悔……让自己壮得如铁，绿得发黑。

夏暑褪尽，秋凉袭来。叶子已经耗尽了自己的风华，然而她依
旧沉浸在奉献的快乐之中，没有吝啬，忘了倦怠，热忱在胸，余情

澎湃。

寒霜冷露无情地褪尽了她的翠绿，却为她巧扮上更加绚丽的色彩——火焰一样的彤红，金子一般的鲜黄，一片片、一团团、一树树。啊，惊俗骇世般炫目的光彩！叶子揣想着，这许是树干对她一生贡献的回报，抑或大自然对她品性的颂赞。她觉得，这才是成熟者特有的丰采。

叶子对自己秋后的收获喜出望外，在陶醉中感慨。饱经风霜的历练，使她坚信自己确乎成熟了，对"叶生真谛"大彻大悟。于是，羞愧着初绽鹅黄时的骄傲太幼稚、太肤浅，歉疚着翠绿时的贡献太平淡、太短暂，感恩着天地的恩赐太贵重、太华艳。

然而，叶子成熟的思想和澎湃的激情无法在枝头停挂太久，很快便被萧瑟秋风吹落泥土之中，继而被秋雨浸湿，被冬雪冻透。她的思想、情感随躯体一起凝固在严实的冬天，与整个世界一起归于无知无觉，止于冷静麻木。

冬雪渐渐消融，万物开始复苏，而叶子却在孤寂中死去了，她纤弱的身体已经腐化成泥土。

死后的叶子还有灵魂，叶子的灵魂不死。她轻柔舒缓地渗入树根，流进树干，爬上树枝，钻进芽蕾。当春风轻拂，春日渐暖，她在枝头又一次绽满鹅黄，依旧欣喜惊讶地看着这个世界，重新开始了又一轮思想。

又一轮春夏秋冬，叶子还会再重复前世的感悟吗？否则，为什么每年的叶子都长得一般模样？

再历四季，叶子肯定会有一轮新的思想。不然，树干里的年轮就不会一圈一圈地延展、一圈一圈地增长。

隔年之后，叶子原有的思想还能传承吗？那她为什么不能摆脱年复一年跌落枝头化为腐土的命运？

叶子说："不是啊！正因为前世记忆的深深刻痕，我们虽个个命薄如纸，却也不忘叶落归根。"

自然之舞

融入自然，自然就是你案头山水。心灵的尺幅
之间，盛放了无数氤氲。

◎无　歌

　　放眼浩渺天地，自然是心灵之舞的外在表现：一个字、一句话、
一道眼神、一种暗示、一次感情的碰撞，季节与之对应的白露、霜
降、惊蛰、春分，时间与之对应的凌晨、日出、正午、暮晚，山野
与之对应的清流、鸟啭、松烟、茅舍，气候与之对应的晴朗、阴霾、
微雨、暴雪。自然有约，肉身涤荡于山水之间，遂使心灵无尘。

　　而鹤翔晴空，风扫枯叶，是自然的动态之舞；鹭栖沙地，霜折
百草，是自然的静态之舞。闲看天际云卷云舒，默察阶前花开花落，
是大自然舞姿的优雅展示；雷电轰鸣，洪流恣肆，则是大自然在问
天问地叩问壮烈人生！

　　"明月松间照，清泉石上流"，一抹瘦影蜿蜒出自然界亿万斯
年的悠悠古意。"晚来天欲雪，能饮一杯无？"是隐士樵客对空山
松涛的深情邀请。"春水碧于天，画船听雨眠"，是浪子独在温柔
乡醉态的吟哦。"水风轻，蘋花渐老；月露冷，梧叶飘黄"，唉，
又当是寂寞者生离死别、漂泊无定的千般苦楚。"蝉蜕尘埃外，蝶

梦水云乡",是志士仁人出淤泥不染、超然世外的洁美之魂。漫看人生千场舞,其实比不上大自然一瞬间的歌哭。

自然的风韵,凝聚于绿叶、落红、高峰、河海,也活化于琥珀之泪、虬枝之姿、河蚌之珠、煤炭之火,亦潜藏于马王堆里的精妙玉器、古丝绸之路的苍苍烟云、敦煌莫高窟无声的经卷和飞天漫卷轻舒的长袖。

自然被历史和时光一遍遍淘洗,化作神话、线装书、骨骼,以至踪影全无。"嫦娥应悔偷仙药,碧海青天夜夜心",对此我绝不相信,那该算人类与月球的第一次对话。嫦娥千行泪,桂下攀枝舞,完全是文人的臆想,至多只能说是美妙的幻想而已。太空飞船挣脱地球的羁绊,去月宫探险,沐浴着幽幽千载的清凉月色,却抒写了自然与科学的崭新篇章。倘若沿着《本草纲目》的书脊穿行,李时珍牵引的目光如线,百合尚静、深情款款,芍药似乎弱不禁风、娇羞无力,桔梗举着紫色的花瓣婀娜多姿、娇媚可人,杜仲挺拔笔立、直插青冥,枣皮如扇攒着万粒红红的珍珠……但李时珍何在?汉王朝武士冰凉的剑戟何存?"风萧萧兮易水寒",仗剑指天的荆轲空留一声长叹!"风流总被雨打风吹去",不可追寻,时间并没有轻易收去一切,历史佐证,自然佐证,英雄总是英雄。

与自然共舞,你就不是一匹伤感的北方狼。以慢三步漫游烟雨朦胧的江南,撑一把油纸伞,遇见丁香一样结着愁怨的江南女,心沉入琉璃一样瓦蓝的碧波。穿越塞北,漫漫黄沙席天卷地,那左摇右摆的舞姿恍如霹雳,旅人和汽车不过是蠕蠕爬行的甲壳虫。在自然面前,人显得多么卑微渺小!何须钩心斗角,何须尔虞我诈,何须制造精神和物质垃圾？

　　走进自然，做自然的朋友，那么，自然多大，心就有多宽。

　　融入自然，自然就是你案头山水。心灵的尺幅之间，盛放了无数氤氲。

　　对自然保持一份敬意，给自然一份自然。

　　自然之舞，是生命的柔媚之舞、壮烈之舞，更是灵魂自信自强之舞！

丛林法则

我们要在竞争中寻求合作，在竞争中寻找自己
的位置，在竞争中寻找一切可以成长的机会。

◎云　弓

一

　　山中有一棵伟岸的大树，它枝繁叶茂，丰姿绰约，它的顶端极
力向上，寻求最多的阳光雨露，它的枝干舒展扩张，占据最有利的
呼吸空间，它的根系盘根错节，<u>丝丝入扣</u>，吮吸着大地最多的精华。
可是，在大树的身边，几棵弱不禁风的小树却在痛苦中挣扎，枝干
瘦弱如草茎，叶子萎黄如残花。

　　小树愤愤地盯着大树："你已经有了如此辉煌的成就，为什么
还要与我争夺生存的空间；你处处得天独厚，为什么却要限制我的
发展？"

　　大树冷冷地说道："这里是<u>丛林</u>，竞争就是丛林法则，因为你
的生长对于我来说是个威胁。"

二

　　一棵草的种子落在了树下，在晨曦中，从土的缝隙探出嫩黄的

小脸，羞涩地轻摇着自己纤细的腰肢，张望着这个陌生的世界。一滴雨露从大树的枝干上滴下，又是一滴，这珍贵的甘露滋养着饥渴的小草，草儿蓬勃地成长，她抬起头："谢谢您！大树先生，谢谢您的慷慨和大度。"

"哈哈哈哈……"树宽厚地笑了起来，笑声在丛林中荡漾："别客气，我们同在一个丛林，相依相偎，互相帮助是丛林的法则。尽情地长吧，要知道一个不想长成大树的小草不算好草，我会尽一切可能帮助你的，哪怕你长得比我还要高。"

小草感动地流出了晶莹的泪滴。

三

小草努力长高，可每当她长到一定的高度就无力地倒下，在她倒下的地方继续生根发芽，她一次次地长高，一次次地倒下，终于长成柔美的草坪。

"你在干什么？这么卖力地生长。"小树低垂着头，不解地问。

"是伟大的树，他的慷慨滋润了我，他鼓励我成长，我不能辜负他的希望。"

小树摇摇头："他才不慷慨，你瞧他把我挤成什么样，我都要饿死了。"

"可这是为什么？他会如此的不同。"

"因为你的生长不会对他构成威胁，你精心地呵护着他脚下的土地。"小树若有所思地说，"适者生存，这是丛林的法则。"

四

夜晚，刮起了强劲的台风，风声鹤唳，万木萧瑟。当太阳升起的时候，风止了，大树折断了树干，庞大的身躯零乱地趴在地上，他看看身边的小树："这么大的风你怎么没事？我如此坚强都不能幸免于难，而你却是如此弱小。"

小树在风中招摇着自己的身体，阳光暖暖地照在自己的叶子上："你总是过于求大求高，却忘记了树大招风，木秀于林，风必摧之，懂吗？这也是丛林法则。"

丛林法则不止一条，我们要在竞争中寻求合作，在竞争中寻找自己的位置，在竞争中寻找一切可以成长的机会。

小不忍则乱大谋

人生是一匹奔驰的马，那要是一匹"忍小谋大"
的骏马，而不是"小不忍"而乱了"大谋"的野马。

◎卢延安

在非洲草原上，有一种不起眼的动物叫吸血蝙蝠。它的身体极小，却是野马的天敌。它在攻击野马时，常附在马腿上，用锋利的牙齿极敏捷地刺破野马的腿，然后用尖尖的嘴吸血。无论野马怎么蹦跳、狂奔，都无法将它驱逐。直到吸饱吸足，它才满意地飞去，而野马常常在暴怒、狂奔、流血中无可奈何地死去。动物学家们在分析这一问题时，一致认为吸血蝙蝠所吸的血量是微不足道的，远不会让野马死去，野马的死亡是它暴怒的习性和狂奔所致。

人们皆哀叹野马因"小不忍"而暴怒、狂奔乱了"大谋"——失去了生命，其实作为万物之灵的人类，也有类似的行为和报应。

在纷纭繁杂的生活中，因不忍针芥之事，轻生念起，让生命结束于一池水、一根绳；或因此盛怒难平，致人伤亡而坐牢、丢命者屡见不鲜。

在竞争激烈的商战中，因不忍顾客的傲慢和不恭，横眉竖目，致商机频失、生意不兴；或因此狂言恶行，商德沦丧而经营衰败者多不胜举。

在坎坷不平的仕途中，因不忍一时失意，消极颓废，致前程黯淡、前功尽弃；或因此对同事嫉妒成仇，暗藏杀机而身败名裂者不一而足。

孔老夫子"小不忍则乱大谋"的醒世名言，已穿越几千年时空呐喊到了现代，但古往今来在芸芸众生中，"忍小谋大"之士还是为数不多，算之有限。"小不忍则乱大谋"的前车之鉴不胜枚举，但总有"小不忍"者重蹈覆辙，人们真该深思，怎样才能做一个不"乱大谋"的"忍小"者？

要有志向。人生的全部意义，就在于为自己的志向进行不懈的奋斗。奋斗的勇气和力量，是志向强大的召唤力在心中的激扬。

志向的召唤力，会使人面对屈辱、非议、误解、困苦等诸多烦恼琐事，为矢志追求的理想和目标，而胸襟开阔、度量博大，"忍小"的种子也因此会在心田种下。

志向的召唤力，会使人在纷繁的人生中，目光远大，权衡得失，为事业有成，遇点滴不悦之事，会退避三舍，"忍"置心中，不会表现出不理智的言行。

古人言："举大事者，不忌小怨。"纵览古今，大凡志向高远，成就大业之士，都不愧是"忍小"的好把式。

要学会宽容。黎巴嫩诗人纪伯伦说："一个伟大的人有两颗心，一颗心流血，一颗心宽容。"宽容赋予他崇高的品德、巨大的人格力量和深厚的涵养，使他能以宽广的胸怀容纳世事，在达观与协和的人生中走向"大谋"的辉煌。这些，都显示着宽容而坚韧的力量。

宽容的力量能产生可贵的"忍小"和克制，使人化冲突为祥和，化干戈为玉帛。宽容的力量能产生高尚的豁达和挚爱，使人能以宽厚之心待人，彼此之间会有更多的信任和爱戴。

宽容是"忍小"、克制、豁达和挚爱相加的"和"，"忍小"则在"和"中占有大的份额。

楚庄王为庆平叛大捷而夜宴群臣，并让其爱妃为之敬酒，忽有一阵风过，烛台灯灭，漆黑一片。侍者急忙寻火点灯之际，楚庄王之爱妃轻拽其袖耳语道：适才有人暗中对她不轨，她挣脱时顺手扯去了他帽顶的缨子，灯亮其人自显。

"慢！"楚庄王大声喝住点灯侍者，于黑暗中令群臣拔掉各自的帽缨。灯再亮时，众人皆无缨而饮。

几年后的吴兵伐楚大战中，楚庄王困厄于绝境，身旁一猛将，死命拼杀，护驾突围。化险为夷后楚庄王躬身相谢，该将领顿然跪拜道：上次卑臣酒后失礼，若不是大王宽宏，早已是刀下之鬼了。

正是楚庄王宽容之心会顿生忍耐和挚爱，才使他大难不死，民安国泰。

人生是一行进的列车，"小不忍"产生的摩擦力，要靠志向这强大动力去克服，要靠宽容这高效润滑剂去减少，以使人生的列车朝那"大谋"迅跑。

人生是一匹奔驰的马，那要是一匹"忍小谋大"的骏马，而不是"小不忍"而乱了"大谋"的野马。

夹缝生存

没有现成的条件，没有既得的享受，那种夹缝求生存的艰辛，恐怕只有山崖上的劲松自己最清楚。

◎陆炳生

山崖上的青松，不少生长于岩石的夹缝之中。人们给了它一个美称——劲松。生长在岩石夹缝之中的，不仅仅是劲松，还有其他一些树木，还有毫不起眼的小花小草。

岩石中的缝隙，有的是植物生长前就固有的，有的起初本是小缝隙，被树根慢慢一点点撑大了，才成为现在的较大一点儿的空隙。劲松为了扎住根，立住脚，不得不把本应粗壮圆长的根须，塑造成扁状，不得不在里面拼命地钻，拼命地挤，拼命地长，以适应在岩石夹缝中生存的需要。"物竞天择，适者生存。"

正是这种屈就，这种忍耐，这种适应，才使山崖上的劲松，不同于在沃土的优越自然条件下生长的普通青松。山崖劲松，气势磅礴，傲立于人们望尘莫及的高高的悬崖之上，与天同在，与岩同在，是历代文人墨客讴歌吟诵的对象，是画家神笔下的模特，是人们心目中的偶像。而生长在平地上的普通青松，尽管根深叶茂，郁郁葱葱，充盈着富态，却连三岁的小孩儿也能爬上去戏耍一番，毫无地位和尊严可言。

正是这种在夹缝中生存的能力，使得劲松能与岩石融为一体，坚如磐石。龙卷风可拔起土壤中的青松，却不能刮走山崖上的劲松；山洪可令土壤中的树木搬家，却对岩石上的劲松无可奈何。没有现成的条件，没有既得的享受，那种夹缝求生存的艰辛，恐怕只有山崖上的劲松自己最清楚。

大自然如此，人类社会又何尝不是如此？不是因为流放，不是因为失意，也许李白、杜甫、屈原等人也不会写出传世之作；农家子女考大学的那种坚毅，也许就来自他们没有宽松的环境、没有退路的背水一战。一个人事业上最辉煌的时刻，往往不是在成功之后，而是在成功出名之前。

夹缝不可过多，因为每个夹缝之中，必夹住一个辛酸的故事。

夹缝也不可全无，因为它饱含着一道奋斗的风景线。

夹缝是逆境，夹缝是桎梏。同时，夹缝更是力量之源，是不朽的根基。

呵，神奇的夹缝！

何不去登山

高度决定了层次，层次决定了视域，视域决定
了心境，这心境则又是一层精神的仁山智水。

◎梁兆强

经历过许多平淡的日子以后，一次偶然的远足，你突然发现，原来在生活的盆地和平原的边缘，有山；在你生命的底蕴中，原本有山。

世界充满了起伏变化，它以不同的高度铺展着各异的风景，又以大自然的平衡之手，着意营造了险峻处的美丽。这一哲理也结晶在一首唐诗里："欲穷千里目，更上一层楼。"

知道你很忧郁，于是我说，何不去登山？在山上可以俯瞰朝霞落日，感受天广地阔的景深；还可以大喊一声你爱的人的名字，听听山谷旷野的回声。"山中何所有，岭上多白云。只可自怡悦，不堪持赠君。"那种空灵高峻之美，须身经心历。山与你互相等待，却很可能一生中失之交臂，让你一辈子都矮在平原。山峰入云也许尚不止于却步，最难的莫过于翻越自身惰性的屏障。在一座千万年山龄、千百仞高的大山面前，以苍天的眼望去，人便缩成了蚂蚁，仿佛动与不动都失去了意义，倘若以蚂蚁的眼望去，人又是顶天立

地的。高度决定了层次，层次决定了视域，视域决定了心境，这心境则又是一层精神的仁山智水。

这种高度，我们可以足不出户地从前人书里发现。俯身字架行梯，神游八方四极，你能看到大洋彼岸有一位叫瓦特的人，正从祖母的烧水壶里琢磨着蒸汽机；还能看到此山脚下三百年前，一群如花似玉的女子在大观园内，如何红楼一梦尽历一个王朝的荣辱兴衰。

这种高度，我们还可以从人世文明、社会昌盛、科学进步中觅得。这时候人往往会超越攀缘的客体，也成为海拔的主体。"达则兼济天下，穷则独善其身。"立身于人类功利的山峰，那是杜甫亘古千秋的境界。沐地层风雨，则有"自非旷士怀，登兹翻百忧"的沉郁；浴高处日月，又见"会当凌绝顶，一览众山小"的雄奇。

这种高度原来就坐落在你的内心，耸立在幼年的志向里，绵延在壮年的走向中。许多先天低矮、其貌不扬的人，因着攀登而风云高雅、卓然不群，举手投足间荟萃了海拔百米乃至数千米的风度。

人在山中，才知道，白云也是可以抓上一把的，苍翠竟有晴天的味道。

人在山中，才知道，高度永远是一个变量，而快乐则是附于跋涉过程的函数。

人在山中，才知道，庄严是望远时的一种心境，高处才能指点江山。

生命中，原本有山；高山上，必有昂扬的生命。

柔软胜刚强

如同弯弓为了更有力地射箭，退却为了更勇猛地进攻一样，柔软的关键在于韬光养晦、蓄势待发。

◎胡建新

在加拿大魁北克山麓，有一条南北走向的山谷，山谷没有什么特别之处，却有一个独特的景观：西坡长满了松柏、女贞等大大小小的树，东坡却如精心遴选过一般——只有雪松。这一奇景异观曾经吸引了不少人前去探究其中的奥秘，却一直无人能够揭开谜底。

1983年冬，一对婚姻濒临破裂而又不乏浪漫习性的加拿大夫妇，准备做一次长途旅行，以期重新找回昔日的爱情。两人约定：如能找回就继续生活，否则就分手。当他们来到那个山谷的时候，天下起了大雪。他们只好躲在帐篷里，看着漫天的大雪飞舞。不经意间，他们发现由于特殊的风向，东坡的雪总比西坡的雪下得大而密。不一会儿，雪松上就落了厚厚的一层雪。然而，每当雪落到一定程度时，雪松那富有弹性的枝丫就会向下弯曲，使雪滑落下来。就这样，反复地积雪，反复地弯曲，反复地滑落，无论雪下得多大，雪松始终完好无损。其他的树则由于不能弯曲而很快就被压断了。西坡的雪下得很小，不少树都没有受到损害。

妻子若有所悟，对丈夫说："东坡肯定也长过其他的树，只不过由于不会弯曲而被大雪摧毁了。"丈夫点头之际，两人似乎同时恍然大悟，旋即忘情地紧拥热吻起来。丈夫兴奋地说："我们揭开了一个谜——对于外界的压力，要尽可能去承受；在承受不了的时候，要像雪松一样弯曲一下，这样就不会被压垮。"

　　一对浪漫的夫妇，通过一次特殊的旅行，不仅揭开了一个自然之谜，而且发现了一个人生真谛。

　　弯曲，实质上是柔软的表现；勇于弯曲、善于弯曲，盖为柔软的品质所使然。参天雪松之所以能在迎战暴风大雪中伸屈自如，强韧不垮，主要得益于它本质上的柔软。老子说："天下莫柔弱于水，而攻坚者莫之能胜，以其无以易之也。弱之胜强，柔之胜刚，天下莫不知，莫能行。"雪松正是以自己柔软的姿态经历了无数风摧雪毁的磨炼，使自己从脆弱走向坚韧，从孱懦走向强壮。这是一种何等精湛的生存艺术！

　　在人生的旅途中，各种摧折命运之树的暴风大雪常常会不期而至，一个人要想经受住人生风雪的侵袭，就该从雪松抵御大雪的自然现象中汲取生存与发展的艺术，该伸则伸，该屈则屈，该进则进，该退则退，始终从容不迫、游刃有余地绷拉命运之簧，弯而不折，曲而不断。只有这样，才能在严峻残酷的环境中立于不败之地。否则，对于来自方方面面的压力乃至形形色色的欺凌，一味地针锋相对、以刚克强，往往会未出战而身先死，不过是匹夫之勇；恰当地伸屈自如、以柔制刚，常常能历挫折而弥坚强，堪称笑傲人生。

　　柔软不是柔弱，不是怯懦；不是趋炎附势，不是阿谀奉迎；不是卑躬屈膝，不是奴颜婢骨；不是在命运的挑战面前退避三舍，不是在困难的障碍面前畏缩不前。如同弯弓为了更有力地射箭，退却为了更勇猛地进攻一样，柔软的关键在于韬光养晦、蓄势待发。这是一种至高至善的人生艺术，只有精心锻造才能成就！

珍贵的对手

一个强劲的对手，会让你时刻有种危机四伏的
感觉，它会激发起你更加旺盛的精神和斗志。

◎李智红

日本的北海道出产一种味道珍奇的鳗鱼，海边渔村的许多渔民
都以捕捞鳗鱼为生。鳗鱼的生命非常脆弱，只要一离开深海区，要
不了半天就会全部死亡。奇怪的是有一位老渔民天天出海捕捞鳗鱼，
返回岸边后，他的鳗鱼总是活蹦乱跳的。而其他捕捞鳗鱼的渔户，
无论如何处置捕捞到的鳗鱼，回港后全是死的。由于鲜活的鳗鱼价
格要比死亡的鳗鱼价格几乎贵出一倍以上，所以没几年工夫，老渔
民一家便成了远近闻名的富翁。周围的渔民做着同样的营生，却一
直只能维持简单的温饱。老渔民在临终之时，把秘诀传授给了儿子。
原来，老渔民使鳗鱼不死的秘诀，就是在整舱的鳗鱼中，放进几条
叫狗鱼的杂鱼。鳗鱼与狗鱼非但不是同类，还是出名的"对头"。
几条势单力薄的狗鱼遇到成舱的对手，便惊慌地在鳗鱼堆里四处乱
窜，这样一来，反倒把满满一船舱死气沉沉的鳗鱼给激活了。

加州一动物保护杂志也介绍过一则类似的故事：在秘鲁的国家
级森林公园，生活着一只年轻美洲虎。由于美洲虎是一种濒临灭绝

的珍稀动物，全世界仅存十七只，所以为了很好地保护这只珍稀的老虎，秘鲁人在公园中专门辟出了一块近二十平方公里的森林作为虎园，还精心设计和建盖了豪华的虎房，好让它自由自在地生活。虎园里森林茂密，百草芳菲，沟壑纵横，流水潺潺，并有成群人工饲养的牛、羊、鹿、兔供老虎尽情享用。凡是到过虎园参观的游人都说，如此美妙的环境，真是美洲虎生活的天堂。然而，让人感到奇怪的是从没有人看见美洲虎去捕捉过那些专门为它预备的"活食"，也从没有人看见它王者气十足地纵横于雄山大川，啸傲于莽莽丛林，甚至未见它像模像样地吼上几嗓子。人们经常看到的是它整天待在装有空调的虎房里，或打着盹儿，或耷拉着脑袋，睡了吃，吃了睡，一副无精打采的熊样儿。有人说它大约是太孤独了。若有个伴儿，兴许会好一些。于是，政府又通过外交途径，从哥伦比亚租来了一只母虎与它做伴，但结果还是老样子。

一天，一位动物行为学家到森林公园来参观，见到美洲虎那副懒洋洋的样儿，便对管理员说，老虎是森林之王，在它所生活的环境中，不能只放上一群整天只知道吃草，不知道猎杀的动物。这么大的一片虎园，即使不放进去几只狼，至少也应放上两只豺狗，否则，美洲虎无论如何也提不起精神。

管理员们听从了动物行为学家的意见，不久便从别的动物园引进了几只美洲豹投放进了虎园。这一招果然奏效，自从美洲豹进了虎园的那天，这只美洲虎就再也躺不住了。它每天不是站在高高的山顶愤怒地咆哮，就是有如飓风般俯冲下山岗，或者在丛林的边缘地带警觉地巡视和游荡。老虎那种刚烈威猛、霸气十足的本性被重新唤醒，它又成了一只真正的老虎，成了这片广阔的虎园里真正意义上的森林之王。

　　一种动物如果没有对手，就会变得死气沉沉；同样的，一个人如果没有对手，那他就会甘于平庸，养成惰性，最终导致庸碌无为。一个群体如果没有对手，就会因为相互的依赖而潜移默化地丧失活力、丧失生机；一个行业如果没有了对手，就会丧失进取的意志，就会因为安于现状而逐步走向衰亡。鳗鱼因为有了狗鱼这样的对手，才能长久地保持着生命的鲜活；美洲虎因为有了美洲豹这样的对手，才重新找回了逝去的光荣。有了对手，才会有危机感，才会有竞争力；有了对手，你便不得不奋发图强，不得不革故鼎新，不得不锐意进取。否则，就只有等着被吞并、被替代、被淘汰。

　　许多的人都把对手视为心腹大患、异己、眼中钉、肉中刺，恨不得马上除之而后快。其实只要反过来仔细一想，便会发现拥有一个强劲的对手，反倒是一种福分，一种造化。因为一个强劲的对手，会让你时刻有种危机四伏的感觉，它会激发起你更加旺盛的精神和斗志。

　　感谢你的对手吧，千万别把他当成"敌人"，而应该把他当作你的一剂强心针、一种推进器、一个加力挡、一条警策鞭。

　　感谢你的对手吧，因为他的存在，你才会永远是一条鲜活的"鳗鱼"，你才会永远做一只威风凛凛的"美洲虎"。

桃花为谁而开

生如桃花之短暂，开如桃花之绚烂。这是我们
应该努力达到的人生界点。

◎张佐香

春风将最后一股冷风赶得无影无踪之后，就用款款柔情唤醒了桃树。

三月桃花开，黑瘦的桃树用它苍劲挺拔的枝干托举起尘世的绝唱。盛开的桃花在阳光中临风而舞，绽开它粉红色的花裙，湛蓝的天空是它的幕景，亮丽的身姿拽住了踏青人的脚步。我像只寻寻觅觅的蝴蝶，在桃树下驻足，屏住气息，凝视一树粉红色的花朵挤满枝丫。它们一朵朵、一团团、一簇簇地开着，似乎要将积蓄了一年的力量倾情释放。

满树的桃花令我遐思无限，花朵慢慢抵达我的思想和语言。"能注意事物是一种本领，能使注意力集中是另一种本领；后者仿佛受到制约，而前者自由。"（但丁《神曲·炼狱篇》）我爱凝视桃花，我爱的是桃花还是在赏花时敛神细思的过程呢？

我踌躇于桃树下，一面欣赏盛开似锦，一面听落花飘零。一朵朵轻盈翻飞的身影，像美丽的音符缀在空中，飘飘悠悠。俯首拾得

几片淡红的花瓣，观赏良久，花瓣似乎还在散发出生命最后的美的光辉。造物主总是这样安排，让它们美好的同时也是短暂的。春者，短也；月者，缺也；花者，残也。人生至美至乐，莫不如此。有一次，我曾经连续拍下十多张照片，冲洗时却发现唯独与盛开的桃花的合影曝了光。现在想来，也许是上苍怜我，不忍让我与虚幻之物合影。

年年岁岁花开花落，纵使繁花落尽，风中仍有花落的声音。每朵花儿都在讲述一个故事，讲述一种生命的经历。花木曾经熬过了炎炎烈日，与骄阳抗争；熬过了天寒地冻，与雨雪拼搏；终于迎来了柔情流转、蜜意层叠的春天，然而鲜花刚开随即又凋零了。花儿为谁而开？提出这个问题，我又感到自己的愚顽可笑。你是一朵花儿，你就要开放，如此简单明了。然而，花开即死亡。但是花开了，毅然决然，轰轰烈烈。

日常生活中，最大的奇迹就是花朵的开放。当我心绪欠佳的时候，就会闭上眼睛，使劲地想象，想象一朵花儿是怎样开放，借此调整好自己的心态。日本作家川端康成在凌晨四时，惊喜地发现海棠花正在怒放。他喃喃自语，捉笔成文："美是邂逅所得，是亲近所得，这是需要反复陶冶的。""如果说，一朵花儿很美，那么我就会不由自主地自语道，'要活下去！'"因为花朵的绽放，他要将生命延续下去，将美延续下去。

桃花无悔，它在短暂的生命中绽放灿烂。我用桃花的灿烂叩问自身：我该怎样安排短暂的人生？我的思绪暂向心灵的深处，努力挖掘出一个深刻的答案。月光如水，灯光亦如水。我在深夜最寂静的时刻问我自己：我必须枯坐案前，伴着灯光，写吗？"是的。"

一个欢快的声音倏然从天籁深处弹出来，如花儿开放，它深情地说："是的，必须写。"

生如桃花之短暂，开如桃花之绚烂。这是我们应该努力达到的人生界点。

高飞方知茧之缚

丰美的精神食粮与精神创造，才是人类源源
不断的需求，才是更有价值的。

◎卢丽梅

秋雨过后，一群小青虫开始四处觅食。当饱胀的胃再也容不下一丁点儿食物时，小青虫便开始忙碌着筑茧。它们心中只有一个愿望：要让自己的茧最舒适、最漂亮，绝对不能逊色于同伴。不久，小青虫逐渐消失了，一个个美丽的茧出现了。可是，被包裹在茧里的小青虫们很快就发现，茧里又挤又黑，待在里面简直是受罪。可是，有的小青虫仍在不停地干着，因为它不甘心自己的茧比别人的差；有的倒也悠闲惬意，苦中作乐，它们为自己出类拔萃的杰作得意自豪呢。

不知过了多久，一只小青虫再也忍耐不住压抑和痛苦，不禁突发奇想："难道这就是我们向往的美好生活吗？不，我要到外面去看看！"于是，它奋力撑破茧壁。就在茧豁然洞开的刹那，一双翅膀从它身体里长出来，它已变成了美丽的蝴蝶飞在天空中了。天哪，眼前是一个彩虹般的美丽世界！顿时，天地间无数美景尽收眼底。它悄然回首，那曾经被视作生命之托的茧，显得那么卑微、寒酸。于是这美丽的蝴蝶毫不犹豫地向着蓝天自由飞去。

人类永无止境的物质贪欲，不正是捆缚自身的茧吗？

当一个人超越了世俗的物质生活，心灵在神圣、浩渺的精神空间飞翔，他就会感悟到，其实金钱与物质对人来说，远没有想象的那么重要。正如梭罗所言："多余的钱只能买多余的物质，真正的生活是不需要多少钱的。"区区一肉体，对物质的需求是有限的，物质给人带来的幸福感也是有限的、短暂的，而博大精深的精神领域，才给人至高无上的心灵享受，给人美妙绝伦的幸福体验。丰美的精神食粮与精神创造，才是人类源源不断的需求，才是更有价值的。

东贤西哲们透过高高的云层看到，世俗的物欲正在给人们设下一个骗局：它把自己幻化成海市蜃楼，吸引着人们大步流星地全力奔赴。到头来人们终会明白，每日追逐钻营、争来争去、日夜辗转、劳心费神，只不过是为了一个所需无几、红尘暂住的躯壳；耗尽了一生，成全的只是一颗"与左邻右舍比富"的虚荣心；付出了一切，得到的只是几声心不在焉的掌声和一丝可怜的自我满足感。

很多人正是被物质的贪欲套上了枷锁，捆缚着做了一辈子的钱奴。

灵魂深处的悬崖玫瑰

在每个人的灵魂深处，都拥有一片完全属于自
己的心灵旷野。

◎矫友田

美洲西部的沙漠地带，生长着一种名叫奎宁的灌木。它们不畏冰雪、烈日、干旱和沙暴，像一个个远离尘世的无名英雄，倔强地伫立在沙漠的戈壁和沙堡之上。

它们的主干非常粗壮，枝丫弯曲，有的能够长到四五米高。在生存环境异常恶劣的沙漠里，它们却表现得那么坦然和镇静。遥遥望去，它们既像一片宁静的山林，又像是一只漂泊在沙海里的生命之舟，给跋涉者送上勇气与希望。

在没有开花的季节，它们的那些粗糙的枝干，比不上水杉高大，也比不上白桦树清秀挺拔，犹如茅草一样毫无秩序地杂生着。但是，在经过冬雪和春雨的洗礼之后，它们会陡然绽放出天鹅或少女般的美丽。那些红色的、乳白色的或金黄色的，酷似玫瑰的花朵，将那些粗糙的枝丫，严严实实地围裹了起来。

它们的花朵比玫瑰还要芬芳热情百倍，浓郁的花香飘溢在沙漠的上空，为空旷死寂的荒漠增添了许多生机和活力。

它们的令人敬重之处，并不仅仅是因为它们拥有美丽的花朵，更重要的是它们的实用价值。在食物稀缺的季节里，它们枝头上的那些又小又硬、色泽光亮，如同涂了一层蜡的叶子，将是骆驼等食草动物的首选食物。在炎热的夏季，被烈日炙烤已久的沙漠，仿佛变成了一片无边无际的火海。跋涉沙漠的人们，可以从它们的枝条上剥下一些树皮缚在脚底，那些树皮柔软耐磨，且极富弹性，能够帮助跋涉者抵挡脚底下的热浪。正是因为这样，人们才送给它们一个动听的名字——悬崖玫瑰。

　　悬崖玫瑰，这是一个多么耐人寻味的名字啊！"悬崖"会给人以惊心动魄和无路可行的压抑感，而"玫瑰"则寓意着爱情、希望和自由。两个并无关联的词语被人们组合到一起，便是对它们生命价值的最好诠释。

　　它们一次又一次抖掉身上的风沙，坚守着那片距离希望越来越遥远的土地，并挺起坚韧的枝条眺望着远方。它们永远坚信，所有的厄运都可以战胜，而且希望的绿茵会在某一个日子洒满荒漠的每一个角落。

　　于是，悬崖玫瑰在花期到来之时，根底下无论怎样干旱，身边的沙尘无论怎样肆虐，它们都会毫不犹豫地将那个古老的心愿，绽放成灿烂无比的花朵。它们用生命中最真挚的热情装扮着无边的沙漠，用生命中最纯真的芳香提醒每一个长途跋涉的旅人——希望无处不在！

　　想来，在每个人的灵魂深处，都拥有一片完全属于自己的心灵旷野。因而，人啊，既要在自己人生的道路上跋涉，又要不断地在自己的心灵旷野里寻觅，总是希望能够发现蕴含在自己生命中的矿藏，从而拥有一个灿烂的人生。

而眼前，你的心灵旷野，无论是一片绿洲，还是荒漠戈壁，都不要放弃生命的希望。让我们一起，在自己心灵的旷野上栽种上一些悬崖玫瑰吧！让它们坚强的姿态和浓郁的芳香，遍布于我们心灵的每一个角落！

善哉，蟋蟀

茶后余暇，将蟋蟀宝贝似的置于案上，观其斗，
谈其品，论其德，颇益心智，雅兴盎然。

◎石　嘉

　　我自幼喜爱蟋蟀。秋风瑟瑟，蟋蟀鸣声便愈昂扬，赳赳善斗，意趣风发，这般油亮玲珑的小虫儿，着实令我玩赏不尽，怜惜异常。自个儿陶罐里所养之虫，其实并不是精致上品，但喂食依然精细，蛋黄、栗子瓣、滴滴清露，时时供奉，如此才不致委屈了灵虫的嘴腹。茶后余暇，邀友围聚，将蟋蟀宝贝似的置于案上，观其斗，谈其品，论其德，颇益心智，雅兴盎然。

　　这虫儿乃天地造化之物，精神焕发，灵性洋溢。品相观色，细细探究，便总结出蟋蟀有五德之美：其首德为鸣不失时，信也。每岁立秋，蟋蟀必鸣，秋至无疑，催人稼织。古诗云"促织鸣，懒妇惊"，是为证；其二德，遇必斗，勇也。蟋蟀每遇强敌，便威风大振，腾跃无畏，拼死相搏，其勇可嘉；其三德，伤重不降，忠也。纵然断须折腿，甚至首残腹裂，宁愿玉石俱焚，亦誓不降敌，忠贞之心可以鉴人；其四德，败则不鸣，知耻也。蟋蟀战败羞愧，便退居一隅不动，缄口内省，大有卧薪尝胆古

风，令人肃然；这末德最为催人泪下，当是寒则魂殒，识天命也。寒风骤起，蟋蟀纷纷自钻深穴，过后雄则不食自毙，雌则卵老而死，来年"化作春泥更护花"，到终了一个功德圆满。善哉善哉，蟋蟀矣！

换 嘴

一个人成长的过程，更应该是这样一种能力不
断得到更新和增强的过程。

◎陈大超

　　蚕从小到大，要蜕好几次皮。据我观察，蚕蜕皮后最大的变化，
是嘴变得特别大，足有原来的三四倍大。真的，刚蜕皮的蚕，它的
"穿"着新皮肤的身子，有时候反比蜕皮前要小一些，但它的新嘴，
每一次，都必定比它原来的嘴要大好几倍。所以在我看来，蚕蜕皮
的过程，也是换嘴的过程。

　　蚕蜕皮，是因为身子长大了，过去的皮已经成了一种束缚。蚕
换嘴呢？一方面是随着自己长大，再用过去的那个小嘴吃桑叶，那
是再难满足一个新的自我的需要的。另一方面，随着蚕的不断长大，
季节也在变化，蚕面对的桑叶，已不再是当初的那么鲜嫩了。蚕长
大之后，季节提供给它的桑叶，变得又大又厚又硬——这样的桑叶，
营养肯定更丰富，能让蚕结茧时吐出更多的蚕丝。但是这样的桑叶，
当初的那个小嘴，是肯定没法啃得动了。

　　蚕必须抛弃一次次变小的嘴，必须在一次次的蜕变中长出更大
的嘴。用不断长大的嘴去创造新的成长，用不断长大的嘴去迎接新

的未来，月不断长大的嘴去实现生命的愿望，从来不说话的蚕，用嘴的一次次变化，让喜欢养蚕的我，领悟到关于嘴的奥秘与深意。

人当然是不用去吃桑叶的，人当然不用为了去吃不断变得又大又厚又硬的桑叶，去换掉自己的"小嘴"，但人随着自己的一天天长大，却要去"吃"比桑叶更大更厚更硬的思想文化、知识信息方面的食粮，去从这些食粮中吸取有益于自己心智成熟、心灵健康的种种精华，去让自己告别一个又一个的"小我"，去迎接种种人生的挑战。

也就是说，人用来吃饭的嘴，长到一定时候就可以不用再长了，但人用来吃思想文化、知识信息的"嘴"，却是应该不断地长大、更新的。人的这种嘴，实际上是一种摄取、吸纳、咀嚼、消化思想文化、知识信息的能力。一个人成长的过程，更应该是这样一种能力不断得到更新和增强的过程。人的一生，到底过得如何，到底会写出怎样的锦绣文章，创造出怎样的锦绣前程，往往更取决于是否拥有这样一张不断长大的"嘴"。

生于适应，死于爱护

在一些爱护的背后，谁也不能肯定会不会有危机的存在。

　　　　　　　　　　　　　　　　　　　　◎董　　刚

　　地处赤道附近的尼日利亚特内雷地区是一片不毛之地的沙漠。这里气候条件非常恶劣，终年干旱，日夜温差极大，而且天气状况很难预测，几分钟之前还是骄阳似火，转眼间就可能狂风暴雨，有时还夹带着冰雹和风沙。所以，当人们第一次看到矗立在沙漠中的这棵金合欢树的时候，简直都不敢相信自己的眼睛，以为这不过是个幻觉，不毛之地的沙海连草都不生，更何况，金合欢树是绝对不适应这里的气候的。

　　但是这棵金合欢树确是真实存在的。虽然树的主干已经弯曲，树身上满是冰雹撞击的伤痕，但是在树的枝头上有少许绿叶，年年生枝发芽，以此向人们昭示着自己的生命力。更让人吃惊的是，这棵金合欢树已经在沙海里存在了一千八百年。除了给予它"神树"的称号，大家再也想不出该怎样来形容它了。为此，一条大路经过了它的身旁，在尼日利亚 1 ： 1000000 的地图上，这棵金合欢树有了自己的位置，成为全世界唯一一棵在地图上标出的树。

165

所有看到特内雷神树的人都说这是个奇迹，大家都坚信，既然奇迹已经存在了一千八百年，接下来的就是继续这个奇迹。但是很遗憾，在一次遭遇汽车撞击后，特内雷神树先是枯萎，当雨季来临的时候，它再也没有长出嫩叶，直到有一天轰然倒地。

　　人们百思不得其解，那次汽车的撞击甚至没有一次冰雹的威力大，怎么可能带给神树致命之伤？自从特内雷神树出名之后，每一个经过这里的车队和骆驼队都会自发地维护神树，帮神树修剪残枝败叶，在神树的根部堆上从远处带来的泥土，并且拿出珍贵的饮用水来浇灌。为了给神树遮挡沙漠中反复无常的风沙和冰雹，很多人用各种材料在神树的周围竖立了屏障，神树所受到的风沙冰雹已经可以忽略不计了。对神树来说，这已经是人们所能给予的最为精心的爱护了。

　　每一个人都想知道神树死亡的答案。其实答案很简单，因为枯枝败叶有人修剪，神树不再努力去长出更多的枝条；因为脚下都是肥沃的泥土、足够的水，神树的根须不再往更深的地下蔓延；因为人工的屏障挡住了风沙冰雹，它对伤害变得很脆弱。如果说神树活了一千八百年是个奇迹，这个奇迹其实就是适应，它已经适应了在恶劣环境下的生长，现在，人们所给予它的善意爱护，让神树不再与恶劣的环境抗争，它变得已经难以应付一点小小的伤害了，神树不是死于风沙、干旱、高温、严寒等自然环境的摧残，而是死于善意的爱护。

　　从我们降生的那一刻，我们每时每刻都在学习适应。不管是食物还是空气，甚至父母关爱的方式，我们都在适应着，只有适应才能生存，因为适应，我们有了各自的生活处事方式。在我们的一生中会遇到各种各样的人，有些人对我们帮助很大，他们会以自己的方式给予我们最为贴心的爱护，为的是我们能够健康地成长。

那些善意的爱护，有时候能让我们少走很多弯路，少遇很多麻烦，只是，在这些爱护的背后，谁也不能肯定会不会有危机的存在。在这一点上，不管是孩子还是成人都应该把握住，要坚信，过分依赖爱护，人生是不可能有奇迹出现的。

花开七百年

贴之愈近，香气愈浓，继而香气徐徐，如桂，似麝，绵绵不绝地飘散沉浮于周围的空气之中。

◎金　鑫

　　暮春，正值人间芳菲尽开、繁丽溢目之时，这个季节，最可称看的是花草树木。我们相约去看牡丹。心中在想，花卉常入丹青，能一花成画的并不多，牡丹可算其中一个。

　　牡丹早已开放。一朵一朵，大如圆盘，开在便仓小镇的一处下氏花园的故址遗迹内，藏身于绿叶之中，面对前来迎花一叹、俯身一嗅、摆姿一照、拈花一笑的游客们，收受着络绎不绝的惊鸿一瞥。都说牡丹花旁不种花，眼前这一蓬蓬，开得如此丰盈，像舞蹈者伸手接天的姿势，舒展到极致，一绽无遗。贴之愈近，香气愈浓，继而香气徐徐，如桂，似麝，绵绵不绝地飘散沉浮于周围的空气之中。刘禹锡说，"唯有牡丹真国色，花开时节动京城"。当年公子王孙们争相出游、沿路相接的景象，可以想象一二。小镇虽不比古都洛阳花事繁盛，却也是花因客来艳，人缘花开忙。因为慕名者的纷至沓来，这个小镇上的人们显得热情而温厚，不用言说，就会笑意盈盈地问："来看花的吧？"就连牡丹园内的一座小庙，也变得香火旺盛，烟气氤氲。

这便是先前耳闻、不曾目睹的枯枝牡丹，红曰紫袍，白曰赵粉。李汝珍在《镜花缘》里写道："如今世上所传枯枝牡丹，淮南便仓最多。"枝干呈枯虬之姿，据说可以燃而烧之，唯有枝头一截，花叶葳蕤，春意盎然。只是，这牡丹的岁数大得有些惊人，已有七百多年。一花万枝，中有牡丹点点，像一个数世同堂的寿星之家，儿孙绕膝，其乐融融。这株花，从春到夏，从秋到冬，不，从元到明，到清朝，到民国，到现在，历经七百多个寒暑。七百年，一株花儿，经历了几个世纪的风雨，这需要怎样的一种与天地自然相斗争、相妥协的精神气概！于花而言，最大的心思是躲开战火与天灾。也许，还不止这些，除了付之于对护花使者辛勤浇灌的粲然一笑，还要避开那些窥窃之徒不怀好意的眼神吧。

花开不败，自有性灵。花的主人姓卞，宋朝灭亡，随即携花避世，隐居不出，植花明志，"取其红者，以示报国忠心；取其白者，以示为官清正"。花亦有灵性，元末明初之时，群雄并起，卞氏后人元亨（施耐庵表弟），追随张士诚，被委以兵马大元帅之职，逐鹿中原，征讨天下，兵败后含恨归隐，一心侍弄紫袍赵粉，以花寄情。朱元璋爱其文武全才，三次征诏遭拒，结果一怒之下将其发配辽东。临行前，元亨对花儿留语，"待我南还花儿再开"。后来果然九年不放，直至主人归来，才怒放于园。"牡丹本是亲手栽，十度春风九不开，多少繁华零落尽，一枝犹待主人来。"花解主人语，花随主人心，实在令人称奇，卞元亨还乡后作这首诗时，想必与牡丹有一场含泪的私语才是。不禁想起武则天一怒焚花的故事，其中多少带有杜撰成分，但放在牡丹身上，放在武后身上，确也符合人们的审美思维。先前我总以为牡丹的富贵气太重，却不料还有如此坚贞劲节的一面。

　　"年年岁岁花相似，岁岁年年人不同。"对着这花中之王，花中长者，我心生敬意。七百年的花开花谢，七百年的花团锦簇，七百年的花样年华，这对于一株花来说，的确是一个传奇。

盐碱地里的羊

生活中的事情往往就是这样，物极必反，美好
的东西常常产生于极端恶劣的环境中。

◎漆宇勤

如果给你两块牧场放牧，一块是牧草稀少的盐碱地，一块是水
草丰美的绿洲，为了养出肉质优良的羊，你会选择哪一块？

有经验的西北牧民的选择是盐碱地。因为在盐碱地上啃食草根
长大的羊比在水草丰美的绿洲上吃鲜嫩青草长大的羊肉质更好，市
场销售价格也更高。

这就奇怪了，每天吃都吃不饱的恶劣条件下长大的羊怎么反而
会肉质更好、价格也更高呢？

原来，盐碱地中几乎没多少植物，仅有的几丛细草也分布得稀
稀落落的。由于生存条件艰苦，这里的羊为获得足够的食物，只能
一天到晚不停地走动去寻找仅有的发黄的青草和盐分较多的水源，
有的时候甚至要靠刨草根为食。在这种环境下成长起来的羊，由于
得到了足够的运动，再加上吸收了盐碱地土壤中本身含有的一些特
殊元素，生长得比较缓慢，但是肉质特别细嫩，味道特别鲜美且毫
无膻味，甚至羊肉本身就有点儿咸，烹制很容易入味，因此特别受

人们的欢迎。

而生活在水草丰美处的羊群，由于食物充足，一天到晚几乎不用挪动多远的地方就能吃饱，这样一来，吃得好、休息得好的羊群生长自然要快得多。然而，这种在较短的时间内就能长大的羊，其肉质却很一般，而且膻味大部分都很重。拿到市场上去卖，价格自然也要更低。这就像药材中的灵芝，长在险峻峭壁上恶劣环境中的野生灵芝与人工培植在气温、土壤等条件都更加舒适的苗圃中的灵芝身价有着天壤之别。

正是由于这个原因，在新疆，卖羊肉的生意人都愿意标榜自己的羊是在盐碱地中放牧长大的，顾客也愿意花更高的价钱去买盐碱地中长大的羊。而附近养羊的牧民，自然也知道这个道理，他们宁愿自己的羊长得慢一点儿、放牧辛苦一点儿，也愿意将羊赶到盐碱地中去放养。

这真是一个值得人深思的现象。盐碱地的生存条件是如此恶劣，草料和水源都很稀缺，似乎不适合放牧牲畜。但恰恰是这种恶劣的环境让羊群在谋求生存的同时增加了运动量，同时也让羊群因为啃食从盐碱地里生长出来的草而抑制了羊肉的膻味，还让羊肉含有了多种特殊的酶的成分，烹制出来味道格外鲜美。在这里，本来是不利于养殖牲畜的自然条件，却成了牲畜身价倍增的直接原因。生活中的事情往往就是这样，物极必反，美好的东西常常产生于极端恶劣的环境中，而舒适的环境，虽然有利于事物的生长，却未必有利于其品质的提升。盐碱地里的羊，让懂得深思的人感触良多。

梧桐赋

白璧尚有微瑕，何况树乎？人与自然，和谐相处；人与桐树，亦应和睦。

十八年前，初秋来邯，即被一树吸引。静观此树，排列齐整，健立街旁。皮间或脱落，虽不美观，倒也斑斑驳驳，彰显个性。枝繁如藤萝，叶茂似华盖。高耸入云，秋风袭来，绿叶婆娑。问友何树？答说，法国梧桐。

定居邯郸，朝夕相伴，由一见钟情，到细细观赏，爱之更深，品之更切，以至须臾不能离，心常思念之。待四季之更替，赏各异之风景。

早春时节，桃红柳绿，姹紫嫣红。桐却不动声色，暗中孕育，汲大地之甘泉，纳日月之精华，疏通经络，蓄势而后发。仲春之时，叶蕊始出，绿绒小苞，布满枝间，无以数计。沿街仰望，如绿云盘旋；近看，星星点点，缀挂枝间。朦胧月夜，似水月光，洒映蕊绒。渺渺兮像绿雾乍起，飘飘兮似翠纱披肩，如美人之起舞，若西施之浣纱。徜徉树下，暗香浮动，扑鼻而来，青涩挟裹甘甜，沁人心脾，驻足忘返。

盛夏之时，叶如人掌，密密麻麻，遮艳阳以献荫，生清风以送爽，人行其间，备感舒畅。偶遇小雨，亦不淋人，其叶皆收，濯洗纤尘，更显其绿；吸浊吐鲜，更透生机。漫步行人，从容神怡。叹桐树之致用，念前人之贤德。

及至深秋，其叶微变，集绿、黄、红于一身，如春花之多姿，似彩缎之绚烂，金风徐来，彩冠飘扬，若韵女翩跹，妩媚而动人。隆冬时节，彩叶脱尽，赤身蛰伏，待白雪降临，玉树琼枝，亦令人赏心悦目。

来邯之客，无不为之折服，无不为之赞叹。其已成邯郸一美景，已铸邯郸一名片。

谁知灾祸险降其身。有一官员，意欲伐之。因其有悬玲，常飘种絮，致人刺痒。百姓闻之，议论鼎沸。该官否其伐意，梧桐得以幸存。呜呼！人之为人，尚不能力修以全德。桐之为桐，岂能全美以尽如人意？世间万物，利弊相依。白璧尚有微瑕，何况树乎？人与自然，和谐相处；人与桐树，亦应和睦。看其优点而相悦，视其不足而相容，此乃为人之道也。

枯萎之美

春暖花开自然美不胜收，却很少有人具备欣赏
老态龙钟的枯萎之美的眼光。

◎吴守春

　　小区里有位老人，喜欢养花弄草。我喜欢光顾他的小花园。奇怪的是，堆红叠翠之中，还有一盆死树，特别刺眼。而且，老人还像伺候花草一样煞有介事地给这盆死树浇水。这棵死树，原是一个门面开张，别人送的发财木，俗称摇钱树。这种树，属亚热带树种，不耐寒，冬天，树死了，被主人遗弃，老人如获至宝，将其捡了回家。

　　我问老人，满目青翠，弄盆枯枝败叶鱼龙混杂，岂不大煞风景？老人说："我这姑且叫拾遗补阙吧，有了它的点缀，小花园才称得上是四时佳兴。新陈代谢乃客观规律，一种花木生命的不同过程都会表现出风格迥异的美。这棵发财木，不是呈现出枯萎之美吗？'莫道桑榆晚，微霞尚满天'嘛。你瞧，它们虽然看似没有生命了，但仍是像生前一样挺拔，葱茏脱去，删繁就简，水落石出，尽显风骨，就像我们老年人崇尚的简洁之美。我给它浇水保墒，待来春再栽些五角星花，让藤萝攀附，到那时，它的枝干就会脱胎换骨，移花接木长出另一番生命的绿意。"

当我再次去老人那里，老人指着发财木，说："你瞧，它是不是焕发出第二次青春？"果然，一茎绿藤生机勃勃地缠绕着树干，细瞅，枝干上染上若隐若现若有若无的苔藓，饱经风霜后的那种沧桑，与五角星藤蔓的嫩绿相映成趣，浑然一体。一盆枯黄之木，真的化腐朽为神奇，梅开二度呢。

春暖花开自然美不胜收，"宁可枝头抱香死"的"风烛残年"也耐人寻味，可惜，却很少有人具备欣赏老态龙钟的枯萎之美的眼光。相反，他们对枯枝败叶、断垣残壁不屑一顾嗤之以鼻。美人迟暮、帘卷西风，总是让人惋惜和哀叹，殊不知，那正是豆蔻年华和杏雨柳风的成熟面孔。试想，豆蔻年华和杏雨柳风若是无限度地复制，那种经不起咀嚼的幼稚岂不也会造成视觉疲劳？且不说"停车坐爱枫林晚，霜叶红于二月花"的层林尽染让人流连忘返，就是"秋阴不散霜飞晚，留得枯荷听雨声"也给人以雨打芭蕉的赏心悦目。当年李白在其名篇《蜀道难》中，曾吟道："连峰去天不盈尺，枯松倒挂倚绝壁。"句中"枯松"假使换成"青松"，那种壁立千仞无欲则刚的巍峨气势和苍茫意境就会大打折扣。

枯萎之美和烂漫之美，各有千秋，完全可以等量齐观。最典型的莫过于戈壁滩上的胡杨树，栽了，一千年生长；死了，一千年不倒；倒了，一千年不烂。三个千年，一脉相承，首尾呼应，构成了胡杨树不可分割的完美一生：葱葱郁郁之美，壮壮烈烈之美，凄凄婉婉之美。三种不同的美的形态，孰高孰低，难分伯仲。否则，"枯藤老树昏鸦""古道西风瘦马"就不可能与"小桥流水人家"相提并论了。

叶芝在他的诗中写道："当你老了，头白了，睡思昏沉，炉火旁打盹……多少人爱你青春欢畅的时光，爱慕你的美丽、假意或真心，只有一个人爱你那朝圣者的灵魂，爱你衰老了的脸上痛苦的皱纹。"事实证明，这并非诗人对至爱者一时心血来潮逢场作戏的媚语，而是肺腑之言。看来，当年年轻的叶芝，和这位老人一样，深谙枯萎之美是青春之美的升级版，是登峰造极的尽善尽美。

主动求变

积极向上的人生贵在主动求变，只有变，才能
书写出亮丽的人生。

◎湟　滨

一百多年前,法国著名昆虫学家法布尔曾做过一项有趣的实验,
他把一群蚂蚁放在一个圆盘的周围,使它们头尾相接,绕圆盘排成
一个圆形。于是这群蚂蚁开始前进了,它们一个紧跟着一个,像一
个长长的游行队伍,没有头,也没有尾。法布尔在蚂蚁队伍旁边放
置了一些食物,这些蚂蚁要想得到食物其实很简单,只要离开原来
的队伍,不再绕原来的圈子前进就可以了。

法布尔预料,蚂蚁会很快厌倦这种无始无终、毫无目标的前行,
而选择分散队伍,寻找食物。可蚂蚁并没有这样做,出于纯粹的本
能,它们只是沿着自己或自己族类留下的化学信号前行。它们沿着
圆盘的周围,一直以同样的速度走了七天七夜,一直走到它们累死、
饿死为止。

从这个实验可以发现,蚂蚁的确不愧是勤劳的动物,那么渺小
的躯体甚至可以毫不停歇地走上七天七夜。但它们也有其致命的弱
点,那就是只会遵守着它们的本能、习惯、传统。虽然它们干活很

卖力，却只会埋头苦干，不会根据外部环境的变化而重新做出选择，更不会有冒险精神和创新意识，它们只会一条道儿走到底，最终走向死亡。

这虽是个生物现象，但世上的很多人又何尝不是如此呢？他们就像这些蚂蚁一样，碌碌无为，终老一生，却从来没有想过要跳出那个固定的圈子。

人生不应该是一个无休止的循环圈，更不应该是一潭死水。凡是身安心寂、不思改变、长年囿于既定模式中生活的人，绝不可能拥有精彩的人生，而不满于现状、积极寻求改变，才是人生发展和社会进步的真正动力所在。所以，积极向上的人生贵在主动求变，只有变，才能书写出亮丽的人生。

正　心

在外公看来，树的外表正直并不是很重要，重
要的是它是否正心。

◎吴守春

　　外公是远近闻名的木匠，他最为人称道的是装犁，久而久之，
他只做装犁这一门儿活计。装犁的主要材料，都是看不上眼的杂树，
且皆歪脖弓腰。譬如犁柄，直树反而派不上用场，就像犁所从事的
农活。因此，外公总是对榆木疙瘩之类情有独钟。

　　装犁的木匠当然不止外公一人，但只有外公装的犁，在市场上
最为走俏，"皇帝女儿不愁嫁"，甚至到了供不应求的地步。究其
原因，是外公装的犁使用起来顺手，不滞泥，牛儿省力，出活，事
半功倍，且犁的使用寿命较长。从犁的外观上看，外公的犁和别的
师傅装的犁，并无二致。更叫那些师傅不可理解的是，外公的犁，
与他们的犁相比，甚至相形见绌，料小质轻，分量不足，似有偷工
减料之嫌，制造成本自然就低。他们百思不得其解，只好无可奈何
地归之于"手气"。

　　在外公装不动犁的暮年，我曾就这个问题向外公请教。外
公说："哪有啥手气，他们说得太玄了，奥妙在于选料。料正，则

犁正；犁正，则力正；力正，则泥正。这样，耕田的时候，既不伤犁，也不伤牛，还不伤地，使牛犁田的人就不感到别扭，轻松自如。"外公所指的伤地，是指拙劣的犁犁出的泥条"不走正道"，歪歪扭扭，有些地就翻不过来，成了"夹生泥"。

料正？犁用的料，大多是歪三倒四的杂树，哪里谈得上料正？外公见我疑惑不解，对我说："我所说的料正，并不是通常理解的直料，而是指料的心正。树和人一样，也是有心的，那心，就是年轮。树成长的环境不一样，每棵树的质地也不尽相同，这样，就有心正、心歪之分。树自有它的内在肌理，心术不正，外表再正直的料也非良材。木心不正，使得木纹歪斜；木纹歪斜，内应力分散，各走各的道，各吹各的调，外表看起来再直的料，其实也是歪料，这就是用同样粗细、同一树种的料做扁担，负重不一样的缘故。犁是牛用来翻耕的农具，千斤的力都是通过犁作用于土地的，这样，装犁时就得特别慎重，一张上等的犁，其料必得心正。犁的外形看似扭曲，但所用的料只要木心端正，就是正料。牛在拉犁时，犁看起来是个珠联璧合的整体，但其构成用的如果是木心不正的料，所有的木纹，心不往一处想，就不会朝一个地方使劲，四分五裂，一盘散沙，这样的料做出来的犁，外观上看起来再端正，它的骨子里却是歪瓜裂枣分崩离析，绝不是一张好犁。可惜，那些一辈子装犁的人，很少有人能悟出这个道理。"

我问外公："您在买树选料时，怎么就能从那些大同小异的树木中一眼看出来哪些料心正、哪些料心歪呢？"外公说："这就完全凭直觉和经验了。料心正不正，是能从其表皮上看出一些蛛丝马迹的，心正和心歪，其树皮紧松树形圆润程度是不一样的，外表是内心的反映嘛，好的木匠，必有观其表而窥其内的功夫。"

在外公看来，树的外表正直并不是很重要，重要的是它是否正心。心正，其表即使不正，但它本质上也是好料。

水的姿态

它变幻莫测的特质，气象万千的灵性，带给人
类的，是永无止境的点拨，永不枯竭的启迪。

◎程应峰

水是柔软的，水是剔透的，水是缠绵的。柔软的水一旦变得冷冽，便会有棱有角，坚硬成冰；剔透的水一旦对环境有所反应，便会行为异样，姿态混浊；缠绵的水一旦勃发狂怒，便会波涛汹涌，卷泥带沙，酿造灾难。

水，可以平静如镜，可以微波荡漾；可以奔突飞泻，可以潺潺回旋。无论何种姿态，水，总能让人感觉到它的美丽。野山溪涧，幽谷一潭，旷野一脉，凌空一线，平阳阔水，水天相连，总能恰到好处地将天光山色、自然音律演绎得有声有色，多姿多彩。

平静的水，含蓄而内敛，一旦它高涨的热情抵达临界，便会了无拘束地蒸发、舞蹈、升腾；流动的水，一旦成海，展现出的便是动荡变幻、波澜壮阔、汹涌澎湃；浑圆的水，一如汗水和泪水，它们以咸涩的姿态，从身体中冒出来，从心空里流出来，或昭示劳作艰辛，或蕴藏珍贵情感。

就像人与人之间可以相亲相爱一样，溪涧与溪涧之间，河流与

河流之间，湖泊与湖泊之间，海洋与海洋之间，是可以相融相通的。水，永远坚守着自己的方向，哪怕途中有千般阻挠，万般挫折，它也会始终如一，且歌且舞，永不言弃。

水，是灵活的，变通的，它审时度势，随形而存，以势而发，因此，水可载舟，亦可覆舟；水，是包容的，超越的，正因为这样，它可以让劣势变优，优势更优。它渗透到动物中，便有了活力和圆润；它渗透到植物中，便有了鲜美和醇香。它延伸到哪里，生命便会在哪里接续延伸。

水的姿态是哲学的。它清浊并吞，随方亦圆，它上波下静，变幻无穷；它渗透扩散，急流澄清……无论是滴珠凝翠，还是碧波万顷；无论是清流洄转，还是恣肆狂浪，水的性格、情调、灵韵、姿态，永远是人类心灵的另一种映现和展示。

"见山是山，见水是水；见山不是山，见水不是水；见山还是山，见水还是水。"心态寓于山水之间，智者才成为智者。水，生命之本，万物之源，是智慧与活力的象征。在时间和空间的不断更替中，水，造就着生命世界的和谐。它变幻莫测的特质，气象万千的灵性，带给人类的，是永无止境的点拨，永不枯竭的启迪。

水，注入杯中一刹那，在杯底荡起谜一般的漂亮回旋，绕起妙不可言的柔美曲线。都说女人是水做的，女人之于水，真真切切是最好的诠释。事实上，水的姿态是人的姿态，更确切地说，是女人的姿态。握一杯水于手中，再粗放的人，也能在纯粹的状态中，感知俗态生命的晶莹和美丽、圆润和柔软。

界限之别

适量的药才是药，过量的药便成了毒。也许就
因为多了一点点，救命的药便成了要命的毒了。

◎赵永跃

在一位教授的讲座上，展出了一张图片，是两幅物质结构图片。教授问台下的同学："同学们，能看出这两幅图中的物质结构有什么区别吗？"这两个物质的结构相似，同学们看了一会儿才发现有所不同。教授接着讲道，"看来大家已经发现不同了，这两种物质中一种是冰毒，另一种是麻黄。"

麻黄是一种能治哮喘、感冒等多种疾病的药物，而冰毒则是让人走向毁灭的毒品。谁会想到麻黄竟是冰毒的前身？它们的结构只有微小的区别，功效却有着天壤之别。

原来，药品和毒品的界限是如此模糊。这界限同时也是人性的界限，同是化学工作者，有人从事着药品研究，希望济世救人，有人却从事毒品的制造，危害人类。

后来，我明白了，不仅是冰毒和麻黄，其实所有的药都是毒，药和毒并无严格的界限，只是量的问题：适量的药才是药，过量的药便成了毒。也许就因为多了一点点，救命的药便成了要命的毒了。

这"一点点"也就是药和毒的界限了。

世界上很多东西都是如此，截然相反的事物之间的界限总是很模糊，此时，也许你的一念之间，就会让你从善良走向邪恶，让你一失足成千古恨。

能看清这界限，并做出正确选择的人才是真正的智者。

听 壶

一壶一乾坤，何不让我们于喧嚣的市井，暂觅
一席安静所在，静静地听一听音乐里的壶声，
壶声里的茶香呢？

◎朱群英

　　"壶"这个字，原来可以用"听"字来形容。

　　"壶"居然可以用来"听"，那不是很奇怪吗？

　　当然，可以用来听的壶，不可能是水壶、酒壶，也不可能是喷壶。它是茶壶，是用七个音符奇妙排列组合起来，以二胡的婉约、低音笛的深沉、高胡的纤细和古筝的清丽徐徐摆出的一只只精细、浑朴、润雅的茶壶，确切地说，是音乐。

　　我不懂音乐，但是于喧嚣的都市、繁忙的生活中，听惯了大街小巷不厌其烦地吵吵嚷嚷的流行歌曲，忽然于某一日，听到了一曲幽幽远远、清新淡雅的曲调，便被它牢牢地抓住，欲罢不能了。于是就买了这样一盘名叫"听壶"的磁带，顾名思义，是用音乐来讲述一只只壶的。

　　我不懂茶，饮茶是一件非常高雅的事情，它已成为一种文化，一杯清茶在手，闻香品味，清风徐徐，茶香袅袅，或抚琴赋诗，或

亲朋小聚，其悠悠茶韵，与会心处，不着一言。当然，在现代的意识里，那是古代文人雅士的事情，与当今繁忙的节奏有些格格不入。但是，也许正是这格格不入，才正是现代人想要找回的久违了的东西，所以才更珍惜，才更讲究情趣吧。而音乐是增添这种情趣不可缺少的工具，清新悠远的音符，将茶中无法言喻的深味细腻地表现出来，让茶味愈深愈远，更沉更香。山川云雾、明月清风或知交故友、情侣爱人无一不在茶中，也无一不在乐中。

我不懂壶，却听说过这样一句话："壶因茶贵，茶助壶雅。"可见壶在饮茶中的作用了。据说壶艺是茶道中相当重要的一环，古往今来，各方制壶艺人，以其纤巧的手艺与别出心裁的创意，造就了许多壶艺精品，有的更是融入文学、书法、绘画、篆刻等艺术，表现出一种特有的民族风格。而一把壶，可以因为个人的长期使用、把玩，自然焕发出一股润雅浑朴的特质，为品茗增添一份与众不同的趣味。而于音乐中听壶，当是别有一番情趣吧。

听，江南小调优优雅雅地被二胡如一阵清风般徐徐拉出，那袅袅的微风淡淡地勾画出层层叠叠山峰般的翠色，以及如云般轻柔飘逸的气质。微风轻起，白云曼妙地变幻着各种舞姿，极目远眺，远山的影子与白云相得益彰，静如水，动如风，这舒缓流畅、细腻柔情的旋律将"白如玉，明如镜，薄如纸，声如磬"的薄胎粉彩壶描绘得惟妙惟肖，真真是"隔淡雾看青山"，山也朦胧雾也朦胧了。

再听，浩瀚的夜空，繁星闪闪烁烁如童话，那是排箫舒缓飘逸的音色幻成的梦境，穿插着钢琴明亮的音色照出的点点星光，星光下秋意阑珊，蟋蟀轻鸣，月光如水，音符悠悠而起，额头突显，长髻秃顶的老翁，双臂围交着枕肩酣睡，"月影斜窗前，老叟笑中眠，超脱世俗扰，甜梦何悠然"。

物换星移，流水自高山而下，鸟鸣啾啾，返璞归真的大自然的声音如一股山野的风，吹得竹叶沙沙，"仿得东陵式，盛来雪乳香"，以隔年洁净的雪水烹出的名茶，当然是茶香四溢，让人口舌生香了。而"苍竹滴翠"的恬静清雅的冷色调，轻轻拂过炎热的夏季，扫去世间多少喧嚣与尘埃。

乐声重起，古琴和箫幽幽扬扬、潺潺远远地伴着涓涓流水，古朴的埙带着泥陶的土香演奏出"古树抽风"的韵致，让人不禁会想到千年的古树和流散在千年时光中的往日情怀。

早就听说过"工夫茶"的名声，却从来不知其具体的细节，今日听壶，方晓得泡工夫茶要用一种造型精美、别开生面的被称为"孟臣"的紫砂小壶，乐声如海潮低吟，把人带入潮汕一带的民俗风情中。轻柔淡雅的音韵将孟臣壶的微小、精美一一道来，将工夫茶的浓而不烈的香韵描绘得细腻缠绵，使听者悠悠然陷在茶韵里，陷在壶韵里，更陷在情韵里，乐而忘返了。

每把壶都有它独特的韵味和语言，每把壶都是一首动人的旋律，或淡雅得像天上的一抹云彩，或深沉得像夜空里的点点繁星，或安详得像摇椅上的老翁，或自然得像古树临风如田园小诗。一壶一乾坤，何不让我们于喧嚣的市井，暂觅一席安静所在，抽出一些时光，静静地听一听音乐里的壶声，壶声里的茶香呢？听完听不完都没有关系，懂不懂壶、懂不懂茶都不重要，重要的是这一刻你摆脱了世俗的纷扰，这一刻心灵得到了自然的净化与安宁。岁月如流，载着我们陀螺一样走向生命的尽头，而如果能够时时享有像这样的闲情逸致，放松一下疲惫的身心，再苦再累的人生，不都只是回首时那一曲悠悠扬扬的音乐，一杯淡淡飘香的清茶吗？

万象天成

　　岁月轮回，季节更迭。既有白露、霜降、惊蛰、春分节气的划分，又有凌晨、日出、正午、暮晚时间的排列；既有清流、鸟畴、松烟、茅舍山野的趣味，又有晴朗、阴霾、微雨、暴雪天气的描白。用心感悟，自然承载者生命的庄重与艰辛，诠释着生命的坚韧与绵延不绝……

睡莲的安静

安静就是尊重、平等与博爱的处世态度，愿我们每一个人都能拥有这份安静。

◎姜 鸿

夏末的时候，上午九点多钟，阳光明亮地洒下来，天空明朗，空气清新，一朵一朵的白云安静地浮在蓝天上，这是一个无风的明媚的上午。我在客居的院子里的一口水缸里发现了一朵盛开的睡莲。在一片片绿叶的偎依衬托下，她娇艳地黄着，笼在一个静谧的梦境中。阳光洒进来，经过花与叶的酝酿，明暗相映，斑驳有致。刹那间，我感到了岁月的优雅、生活的安宁，一如水缸里这一朵深藏的美丽的睡莲。

睡莲的美丽在于她的安静，她的安静使她拥有了从容的气度和大气的风范。她安静地守望着，守望着自己的盛开，守望着自己的岁月，一任阴晴，一任风雨。

人生又何尝不需要这份安静呢？

这份安静使人在忙碌了一天后，仍有心境在阳台上仰对一轮皓月，安享月光的沐浴，获得无比洁净澄澈的身心。

这份安静使人在沸腾的人言、喧嚣的尘世中，能留住生活珍贵的愉悦，守住心中艰难的坚守，走好自己花香弥漫、风光旖旎的幽静阡陌。

这份安静使人在冰雪严寒和坎坷路途中，仍能感受到春天的温暖，听到东风的召唤，萌发出盛开的渴望。

安静孕育着思想的绿茵，安静酝酿着感情的醇香。安静使人在默默地劳作中欣享丰收的喜悦，安静让人在静静的守望中品味岁月的醇厚。安静的人，自有一份对琐屑尘事的超然与驾驭；安静的人，自有一份胸襟和气度面对生活的跌宕和起伏。

安静使人专注，安静令人执着，安静让人拥有一份脱俗的美丽风韵。这一份韵致，不会随岁月的老去而黯淡，它将随着人生路途的延伸而越发明媚动人。品味安静的人，就像饮一杯千年佳酿，久而弥香……它的芬芳，将随一缕微风，飘向远方，散溢到每一个干净的地方。

安静就是尊重、平等与博爱的处世态度，愿我们每一个人都能拥有这份安静。自己安静，也与他人一份安静，我们的人生会像睡莲，在时光的明暗中，鲜艳地盛开……

雾里行走

人生在世，烦了厌了，乏了累了，不妨去雾里
走走，你会找到你所需要的存在。

◎张云广

深秋，大雾肆意地弥漫于天地之间。

因为雾气，原本一体的纷扰世界被分割成了若干个人的小空间，行走其中总会有一种说不出的神秘气息，说不出的轻松惬意。雾中之人大可不必再像往常一样四下里张望留意过往人群的脸色，无须担心身边会有世俗的目光穿过，无须扮出一副正经严肃的姿态神情。在朦胧纱帐的掩饰下，一切尽显随意与自在。

因为雾气，前方不再有清晰的目的地在招手诱惑，脚下匆忙的步子也较平日里放慢了许多。平缓行进中，一些过去从未注意过的事物倒成了路上美丽的风景——聆听数声宛转的鸟鸣从枝丫上降落，凝视一片脉络清晰的黄叶空中飘飞的静美，还可随口哼一首并不成调的曲子来自娱自乐，甚至还可以大喊几声来学一下英雄的粗犷豪迈。原来，自然之中从来都不乏艺术的画面，从来都不乏自由的身影，只是少了欣赏和悦纳的心情；原来，雾气是来自天国的精灵，灰白色的羽翼轻轻扇动，尘世的燥热就会转身退避三舍。

有时，我们的心灵同样需要一团云雾的包裹，把身边的应酬、远处的风景暂时地隔断，把可望而不可即的海市蜃楼彻底地隔绝，把四面袭来的杂音乱象统统隔开，静下心来接纳生命体原本蕴含的静谧和自由。

　　人生在世，烦了厌了，乏了累了，不妨去雾里走走，你会找到你所需要的存在。

米　香

米香，温柔入怀，温润入口，幸福入心。我们所要做的，是珍惜，是常怀感恩。

◎段代洪

在一座寺院斋堂门口，看到一联：

试问世间人，有几个知道饭是米煮？

请看座上佛，亦不过认得田自心来。

而今的芸芸众生，对饭从米中来、对田间稻花香、对黄昏里的躬耕，早已漠然。在物质极大丰富的今天，再没人对一碗米饭心存敬畏或心怀感激。

很多的餐馆、酒店，米饭都是不计费的，随需随取。米饭，成了香艳大餐里的附属。很多人在酒足菜饱水果侍奉之后，米饭便可有可无了。也或者，肆意地要来，却只象征性地动动箸，余下大碗白白香香的米饭，独自寂寞，且将面对被弃的不甘。

我的生命里，曾经有过饥饿，有过数月不见一粒米的荒凉。看见米，就像看见幸福。米香，于我，是无限迷恋，也刻骨铭心。由此，每次面对一碗香香的米饭，我都心生感念，像是珍惜得之不易的一段恋情。我会尽情享用这份充盈、温暖和满足，断不会浪费一粒。

在西方一些民族和地区，保留着一种美丽的仪式。每次餐前，全家老小都要静坐在洁净的餐桌旁，面对满桌菜肴和香喷喷的米饭，双手置于离心最近的地方，默默祷告，然后，才开始用餐。是感谢上帝赐予、感谢上苍眷顾，有幸安静无忧地享用美食，享用香气弥漫的可口米饭。

中国的佛家，特别是在一些寺院，每一餐前，是必要过堂的。僧侣们全身披挂，三衣俱全，从大殿到五观堂（斋堂），念佛念法又念僧，直至把该念的佛、该念的菩萨全都念尽了，才可以开始吃饭。吃时，须正襟危坐，碗中绝不能存下一粒一毫。

当然不是非要大家每餐必危坐祷告。却希望，人们在吸收了生命最基本的养分之后，不要忘记田野中大片大片随风摇曳的稻禾。周杰伦有一首歌——《稻香》，在现代都市里流行着。我不知道那首歌里写了些什么，但满城尽飘稻花香，却让我感觉欣慰。仿佛知道，耽于享受的都市众生，并没有忘记大米给予的滋养和恩典。

"大音希声，大象无形。"身边最真、最平实却也是最珍贵的关爱，润物无声，最易被忽视，或被理所当然地拥享。大米亦然，因过于普遍和熟悉，常常被人们一边摄取，一边遗忘。被遗忘的还有春种秋收里的风雨、日出日落的汗滴，以及春天时的青葱、秋季里的金黄、闪烁光芒的农具、黄昏里暮归农夫的剪影。

偶然看到一段形容米香的文字。"已经快遗忘的一种香气，其实一直在身边萦绕。""那是一种充满安全感和幸福感的香气。""那种香气，温柔入怀，毫无攻击性，亲切而不诱惑，也不觉得欲望无底。"

米香，温柔入怀，温润入口，幸福入心。我们所要做的，是珍惜，是常怀感恩。

高原鼠兔的大智慧

把无法解决的难题转化成我们可以面对的问题，这是一种生活的大智慧。

◎王者归来

在青藏高原上，狼和藏狐等凶猛的食肉动物常常趁着一些弱小动物毫无防备的时候，猛地冲到它们的聚集地大肆捕杀。面对凶猛的野兽，这些以植物为生的小动物们立刻吓得四散逃命，而一些来不及逃跑的动物干脆拼死搏斗。然而，面对锋牙利爪奔跑如风的野兽们，无论是逃跑的，还是奋起反击的，几乎都没能逃脱被捕杀的命运。

然而，有一种叫作高原鼠兔的小动物却经常能在猛兽的突然袭击之下逃离魔爪。这种高原鼠兔是接近于兔子的一种动物，肉乎乎的身体正是食肉动物的最爱。所以，凶猛的野兽为了捕抓高原鼠兔投入了大量的精力。面对强大的敌人，高原鼠兔既无法反抗，又不可能甩掉对手。可是，让人吃惊的是，这些看似毫无反抗之力的高原鼠兔，却通过它们特殊的智慧巧妙地化险为夷。

原来，青藏高原上的食肉动物捕食习惯比较特殊。因为高原上没有什么可以用来埋伏隐蔽的地方，所以猛兽们捕食的时候都是凭借着以往的经验，长途奔袭到小动物们经常聚集在一起的地方，然后突然发起攻击。这样的攻击，极其消耗体能，而在奔袭的路上又几乎遇不到可以饮水的地方，所以又饥又渴的肉食动物必须在最短的时间内得手，否则倒下的就很可能是自己！

而高原鼠兔正是明白了这些猛兽们捕食的规律之后，便把自己的聚集地都选择在湖泊周围。这样一来，当长途奔袭而来饥渴难当的野兽们发起攻击时，高原鼠兔立刻使出全身力气拼命逃跑。而这些体力严重透支的野兽感到自己很难在极短的时间就能将高原鼠兔们抓到，嗓子发干的它们又抵不住清冽泉水的诱惑，于是便纷纷在湖边停下来喝泉水。等到野兽喝饱之后，高原鼠兔早跑得没了踪影，垂头丧气的猛兽只能失望地离开了。

渐渐地，在青藏高原上，凶猛的野兽对这些无比机灵的高原鼠兔彻底没了办法，对它们越来越失去了捕杀的兴趣。正因为如此，高原鼠兔的种群开始迅速地繁衍起来。

野兽凶猛的攻击，是高原鼠兔无法承受的难题。但是，拥有着大智慧的高原鼠兔利用外界的条件将这种难题转化成了自己能够解决的问题，从而在残酷的生存竞争中赢得了生存下来的机会。

自然是人类社会的镜子，自然界里的很多智慧往往都能让我们得到启示。在我们的生活当中，又何尝不存在着一些看似无法解决的问题呢？而我们也可以像高原鼠兔那样，将无法解决的问题转化成我们可以解决的问题。

把无法解决的难题转化成我们可以面对的问题，这是一种生活的大智慧。

茶如人生

不论浓淡，不论品名，人生都应留下自己奋斗
之果那甘醇甜美的回味……

◎李晓军

茶为世界三大饮料之一。我国茶叶种类繁多，举世闻名，国人有四千七百多年的饮茶历史。记得当年全国导游资格考试题中有一道关于茶叶的填空题：中国十大名茶都是 ＿＿ 茶。只填一个字，答案为"绿"字。中国十大名茶即西湖龙井、太湖碧螺春、六安瓜片、君山银针、黄山毛峰、信阳毛尖、太平猴魁、庐山云雾、蒙顶、顾清紫笋。遗憾的是许多人对此只知其一，不知其二，笔者以为，人生的常识之道，总该知晓吧。

从茶名看，名称不一、风格不一、气味不一、汤色不一，但又有共同之处，茶的汤色皆为不同深浅的绿色，气味大都像雨过天晴那绿草的清香，或板栗之香，耐人寻味；也像人一样，外貌不同、身份不同、阅历不同、专长不同，但都是人群一分子，都有喜怒哀乐，都有情思牵挂……

从茶形上看，西湖龙井呈两头尖、扁片状，拿起放下滑爽无比，就像有的人聪慧绝顶，处世圆滑，工于心计；信阳毛尖，卷曲弯弯，

细小黝黑，貌不惊人，朴实无华，就像有的人谦虚谨慎，为人低调，肯于奉献，不善言辞；六安瓜片，碧绿清清，香味高雅，条形整齐，疏松得体，好像一个艳装婀娜的高雅佳丽，让人遐想联翩……

从茶味上看，千姿百味，各有所长，难定上下，总是因人而异，喜爱则为好。如同男女找对象，有人爱喝香味扑鼻的茉莉花茶，有人爱喝韵高齿香的铁观音茶，有人爱喝浓烈苦香的单纵茶，有人爱喝清芬如银的白毫银茶，有人爱喝浓溢味甘的普洱茶，有人爱喝橙黄汤色的政和白牡丹茶等。茶性与人的喜性不同，人人对号入座，自由选择，举杯畅饮，各得其乐，个性在此得以张扬与满足，其乐悠悠。

从茶艺上看，不论哪种茶，要掌握茶量、水温和泡茶的时间，还要选择合适的茶具。何况同样的茶，不同人来泡，其效果会截然不同，就像有的人办事干净利落，马到成功，而有的人办事别别扭扭，没轻没重。龙井茶要用玻璃杯，或盖碗泡，水温 90℃，过热会把茶叶烫熟，苦味溢出；铁观音茶必须用沸腾之水，否则冲不出香气；六安瓜片茶杯中先倒水，后入茶，茶叶徐徐飘沉，像幅流动的水墨画；碧螺春茶冲下之后，似白云翻滚，雪花飞舞，稍等片刻，清澈无比，茶香扑鼻，让人惊讶赞叹。茶有不同习性，如人有不同秉性一样，不会千篇一律、像一个模子刻出来的一样。

从品茶上看，铁观音有"一杯水，二杯茶，三杯四杯为文化，五杯六杯是精华"之说。就像人始终努力，大器晚成，人越老，越有经验，越有品位，越值得尊重。龙井茶头一口淡如水，细品有点儿味，再喝带点儿苦，再喝甜丝丝，最后一杯没滋味，就像人老的时候和小时候一样，受过苦，挨过累，经磨难，历风霜，才会苦尽甜来，幸福长在。品一品，尝一尝，茶中有欢乐之曲，有缠绵之歌，有奔放之乐，有渴望之情，不论浓淡，不论品名，人生都应留下自己奋斗之果那甘醇甜美的回味……

　　茶如人生，人生如茶。

胡杨的生存哲学

放弃，是每一个生命应有的智慧，懂得放弃的
生命，才可绵延生息，历久不败。

◎ 感　动

　　胡杨是塔克拉玛干沙漠中唯一长期存活的植物，千百年来，胡杨以坚强不屈的姿态挺立在生命的禁区里，世人为之震撼。

　　塔克拉玛干沙漠每年的降雨量大约是 30 毫米，而蒸发量是降雨量的 100 倍，达到 3000 毫米，这种环境，极少给任何植物生存的机会，但胡杨却在这里繁衍成荫。

　　每年夏季，沙漠中干涸的塔里木河都会重现生机，那是遥远的雪山融化后，形成的一年一度的洪水。利用这个机会，胡杨的种子和沙漠中其他植物的种子一样，立刻开始生根发芽。很快，河床上便会长出密密麻麻的各种小苗。植物们似乎懂得生机的短暂，所以，它们都会拼命地生长。就在其他植物生机勃勃、苗壮成长时，刚冒出头的胡杨树苗却停了下来，这让它们成为所有植物中最矮小最不起眼的个体。也许有人会对它们担心，但是很快，另一种情形出现了。

　　洪水来得快，去得更快，用不了多久，河道便会重新干涸，那些躯体高大的植物们因为突然断水，会纷纷干枯而死，而身材矮小的胡杨树苗却能存活下来。此时，如果向地下挖掘就会发现，每一株胡杨树苗的下面，都有着长得令人吃惊的根须。原来，当所有植物急切追求身躯的成长时，胡杨树苗却竭尽全力向下生长，在不断努力下，它们的根系很快就会达到身体的几十倍。于是，当干旱重新到来时，只有根系足够强大的胡杨，才能汲取到沙层深处的水源，从而存活下来。

智者常常把功夫用在根基上，而不是面子上，只有根基扎实牢固的人，才会不惧任何风险和变故，一直生存得很好。

每一株胡杨的身上都同时生长着柳树和杨树的叶子，所以胡杨还有一个名字叫异叶杨。

幼年胡杨树的叶子是细细的条形叶，随着年龄增长，叶片才逐渐分成宽、窄两种。大树的低处仍然是条形叶，只有头顶才是宽阔的掌形叶。也许人们会对这种"一树生两叶"的现象感觉奇怪，其实这种现象背后是胡杨的另一种生存智慧。

塔克拉玛干沙漠不但干旱，而且一年四季风沙肆虐，胡杨细小的条形叶，不但可以使水分消耗达到最低，而且细细的叶片也可以减少风沙打击的面积。至于那些生于树顶的掌形叶，它们由于能接受到光照，因此可以尽可能多地进行光合作用，制造胡杨生长所需要的能量。所以，两种叶子形态虽然不同，却是为了一个相同的目标——生存。

求同存异——胡杨树"一树两叶"的生存策略，为我们人类破解特殊难题提供了最好的借鉴。

见过胡杨树的人都会认为，这种树是形态最奇特的树木。成年的胡杨，从来没有笔直伟岸的，它们或弯曲倾斜，或盘错遒劲，个个都是奇形怪状。为什么成年的胡杨会长成奇怪的形状？研究发现，这也是适应环境的需要。

在胡杨漫长的生长岁月中，因为缺水，它们每时每刻都面临生和死的考验。当水分不足以维持整棵大树时，胡杨就会放弃身体的一部分以保证生命的延续。为了节省水分，它们会放弃正在健康生长的主干，于是整株树体的上半部分会全部枯死，而下半部分的一条小树枝则会被当成新的主干，倾斜着继续生长。如果它们再次遭遇强烈的干旱时，则会再次放弃这条主干，重新选择新的树枝来承担生长的任务。

在无数次的放弃和选择中，胡杨变成了形态最奇特的树木、沙漠中最奇特的风景。

放弃，是每一个生命应有的智慧，懂得放弃的生命，才可绵延生息，历久不败。

风滚草的坚持

现实生活中的我们，又有多少人一直坚持超越
挫折，随时调整自己的弱点呢？

◎程　刚

　　每当秋季来临时，非洲大草原上常常可以看到一个个草球在滚
动，这便是被人们称为草原"流浪汉"的风滚草。那么，这些草原
上的"流浪汉"为什么要到处滚动呢？植物学家揭开了其中的奥秘。
原来，这些"流浪汉"是借助滚动来传播种子。风滚草果实开口的
地方长着密密的茸毛，种子不可能一下子都撒播出去，只有在滚动
中受到震动，才能掉出几粒来。那么，它们是怎么实现滚动的呢？
原来，每到秋天时，它的枝条便向内卷曲，使整个植物体变为球形，
茎的基部在靠近地面处也变得很脆弱，经大风一吹或被动物一碰，
靠近地面处的茎便被折断，植物体脱离根部而随风在草原上滚动。

　　一位植物学家对此很感兴趣，他想试一下，如果风滚草不能实
现滚动，能否有办法传播种子呢？他做了一个实验。他用套管把风
滚草枝条束缚住，不让它弯曲，然后观察它的变化。不久，他便发
现一个现象：风滚草枝条因为不能弯曲，便努力向外生长，当超出
套管的束缚时，它便开始弯曲，科学家又拿套管继续束缚枝条，枝

条便继续向外生长……就这样，风滚草坚持超越束缚，时刻准备弯曲。更值得一提的是，经过测试，风滚草脆弱的地方已不在茎的基部，而是在每一截套管的顶端。科学家断定，这是风滚草为了支撑枝条持续生长，又要时刻准备折断所做的自我调整……

为实现自己的目标，风滚草努力超越束缚，时刻准备折断。而现实生活中的我们，又有多少人一直坚持超越挫折，随时调整自己的弱点呢？

清醒记

清醒就是：在机会与挑战并存的今天，竭泽而
渔、杀鸡取卵只能自断后路。

◎秦望蜀

在亚马孙热带丛林中生存着一种蚁熊，以蚂蚁为食。蚁熊有极强的捕捉蚂蚁的能力，因其具有极其灵敏的嗅觉，可以分辨出藏匿着的不同类型的蚂蚁。蚁熊还有有力的脚爪，能撕开树干，刨开地缝，将长长尖尖的嘴伸进蚂蚁躲身的缝隙中。蚁熊的长嘴每分钟可伸缩几百次，舌头带有极强的黏液，蚂蚁一旦遭遇到蚁熊，往往是在劫难逃。据统计，一只成年的蚁熊每天要吃掉1.6万只左右的蚂蚁。然而，令人惊奇的是，蚁熊捕食蚂蚁，从来都不会赶尽杀绝。每刨开一个蚁穴，蚁熊只吃掉其中一小部分，即使还不足以充饥，蚁熊也会放弃其他的蚂蚁，而去寻找下一个蚁穴。蚁熊知道，合理利用有限资源，才能使自己的种群繁衍不断，才有子孙后代的生生不息。

清醒就是：在机会与挑战并存的今天，竭泽而渔、杀鸡取卵只能自断后路。

在阿尔卑斯山脉，植物学家发现了一个奇怪现象：自20世纪

以来，原先在山下牧场上才能见到的花现在已经开到了海拔2000米的高山雪带上，而原先高海拔的植物则繁衍到更高处的雪原地带，这些植物的生命力要比以前还强盛得多。植物学家经过研究发现，造成这种现象的原因主要是，阿尔卑斯山脉地区的气温逐渐升高，这些植物为了寻找适宜的生长温度，不得不到更高的山上繁衍生息。

清醒就是：在竞争激烈的今天，机会不会属于那些墨守成规、守株待兔的人。

在丛林中，松鼠每到出窝觅食的时候，总是先对外面探头探脑一番，仔细观察外面的情况，并反复试探脚下的树枝是否够结实稳当，经过这样再三反复，松鼠才会跳到另一根距离自己较近、够得着的树枝上。它做每个动作都非常专心致志，从一根树枝到另一根树枝，都小心谨慎。松鼠如此三跃两跳，最后就会到达自己设想的目的地。研究发现，松鼠能够在森林中生存下来，主要归功于它行事小心谨慎。

清醒就是：在充满诱惑与危险的今天，我们应该学会脚踏实地、步步为营，这样才能实现成功路上的每一段进程。

在草原上，人们发现，狼每次攻击前都会埋伏在一侧静静地观察对手，去了解对手，而不会轻视任何弱小的对手，如果是自己敌不过的对手，狼就会选择放弃。很多时候狼虽然独自活动，但如果是面对比自己强大的对手，必群起而攻之，发挥它们的群体优势，连比狼大的一些食肉动物对狼都是忌惮三分。

清醒就是：要想赢得胜利，必须知己知彼，方能百战百胜。

生活在美国加利福尼亚附近海域的水母有着与其他水母不同的

地方。它们的触须粗壮，如同人的手臂，肌肉发达有力，每只水母体重达到六十公斤左右。据科学家观察发现，原来在这片海域中还存在着很多的虎鲸、鲨鱼。虎鲸和鲨鱼都是水母的天敌，面对凶残的对手，水母不得不时刻警惕着，随时准备逃命。每天生活在快速的逃命中，将它们的身体锻炼得十分强壮，但也难免会被虎鲸或鲨鱼咬得遍体鳞伤。令人非常惊讶的是，被咬得遍体鳞伤的水母不但不会死去，而且还会很快从折断触须的根部长出新的触须，伤口也会迅速愈合，而水母自己也逐渐变得更加强壮。

清醒就是：面对苦难与挫折，只有不挠不屈、英勇顽强才能成就更伟大的自己。

在南美洲有一种凶悍的苍鹰，它的爪硬如利刃，它的喙坚如铁钩，它的翅膀刚劲有力，在那里，它是当仁不让的王者。人们发现，这种苍鹰如此强大，与它自小经受的特殊生存训练有关。这种鹰出生没多久，母鹰就会用锋利的喙，啄雏鹰稚嫩的双翅，剧烈的疼痛让雏鹰发出阵阵哀鸣，母鹰似乎对此无动于衷，继续啄雏鹰的双翅，直到血肉淋淋，母鹰才停止它的疯狂举动，而当雏鹰翅膀的伤口愈合后，母鹰又开始了它的疯狂举动。狠狠地啄雏鹰的翅膀。雏鹰慢慢长大，母鹰就会把雏鹰叼着飞向高空，然后把雏鹰狠狠地摔下，直到雏鹰真正学会独立飞行。这样残忍的举动一直持续到雏鹰完全适应各种环境，开始独立生活。

清醒就是：自幼经过苦难的磨炼，百炼成钢、赴汤蹈火之后，才能更好地翱翔于蓝天。

大漠深处的顿悟

古往今来，那些名垂千古的人，哪一个不是先
做大了自己，最后才成就了生命的永恒？

◎王　飙

那一天，当我们驱车驶进新疆古尔班通古特沙漠腹地五彩城的
时候，已是黄昏时分。在夕阳的照射下，一座座山丘，犹如一幢幢
五彩斑斓的宫殿，兀然而立，异常惹眼：它们红得像殷殷的火焰，
黄的似金菊灿烂，蓝的如凝固的海波，绿的似翡翠镶嵌……

在这荒无人烟、一片死寂的大漠深处，大自然竟以她鬼斧神工
般的技艺，以地阔天空的苍茫为背景，创作了一幅美轮美奂的立体
画卷。置身其间，怎能不让你惊奇，怎能不让你感叹，怎能不让你
的心中充满诗意的浪漫？

下了车，我们几个人一哄而散，各自寻找着自己认为最好最美
的视角，让这道风景线进入我们的镜头。我爬上一座高大的山峰，
放眼四望，极目之处，无不是灰黑色的戈壁滩，唯有我们置身其间
的五彩城，丘壑如织，艳丽夺目，一座座委蛇相连的山丘，犹如一
个个彩色的音符，正在黄昏的夕阳里，在光与影的跃动中淋淋漓漓
地演奏着一支梦幻曲。

无意间低头，却发现脚下有一些如玻璃碎片一样闪闪发光的东西，不禁心中有些惊愕，弯腰捡起一片，竟然看到碎片上有树一样的纹理，低头再看，脚下踩的原来是一棵直径一米有余的硅化树。树的年轮，疏一层密一圈，清晰可见，甚至能让你产生幻觉：这是一棵刚刚被砍伐而留下的树桩。而这一幻觉，竟然又像一列载着我的思绪穿越了时光隧道的快车，让我一下子看到了，千万年前的大地还是一片苍苍郁郁的景象：这里曾经雨水丰沛，河流纵横；古木耸天，向日歌唱；小草翠绿，亲吻大地……

　　然而，再美的幻觉也无法取代眼前的荒凉，抚摩着脚下的硅化树桩，忽然自问："大树永远留痕，小草今在何方？"望着巨大的树桩，看着那一道道的年轮，我蓦然心有所动：大树之所以留痕，不就是因为它曾经有过真正的成长吗？一年年的四季轮回，不管春夏秋冬，也不管雨雪冰霜，它都执着顽强地向上、向上；它的根基深深地扎进大地，它的枝叶高高地伸向苍穹，它的躯干缓慢而又坚实地向外扩展；它在狂风的摧折中迎接着挑战，它在雷电的击打中承受着考验，它在岁月里一点点地成就了自己生命中的一个"大"字，而这个"大"字，便成了它永恒的灵魂，成了它不灭的精神；纵然时光可以夺去它的生命，但是，它已经有了不死的灵魂，已经有了不灭的精神，已经融入自然，成了大地的一部分。而小草呢？它只有三个季节的美丽，它活得现实，它不去经历严寒冬季的磨砺……

　　这棵硅化树让我深深地明白：只有做大自己，你才能托起自己闪光的灵魂；只有做大自己，你才能铸就自己不灭的精神！古往今来，那些名垂千古的伟人智者、巨匠大师，哪一个不是先做大了自己，最后才成就了生命的永恒？他们不惧挑战，无畏挫败，追求卓越，勇往直前。所以，他们才能穿越时空，成为生命之原上的一棵棵让千秋万代景仰的"硅化树"。

　　夜幕降临，旅伴唤我快回归营地。穿行在五彩城中，虽然周遭静得连空气都像凝固了似的，但我的心却还在为那棵硅化树激动得狂跳不已……

"寂寞"昙花

百花几乎都在白天尽情开放，昙花不去凑这个
热闹，选择在夜阑人静之时悄然绽放……

◎卓 识

阳台上有一盆昙花，我忙于生计，想起来才浇一回水，很少关照她。可她照样长得生机勃勃，仿佛体谅我这个懒惰的养花人似的。

昙花开花，花开夜深。每次都在花开之后第二天或是第三天，我才发现已经蔫得没精打采的残花，禁不住一阵叹息。

今年，我又发现在昙花枝叶的边缘冒出一个箭镞似的花骨朵。生怕再失机缘，我便写了"昙花"两个大字，压在玻璃台板底下，好天天提醒我。

终于有一天，昙花花蕾微微张开一个小口，预示着今夜花开。我欣喜地把昙花搬进室内，放在客厅中央的茶几上。

一家人匆忙吃了晚饭，准备无眠伴花开。心境便也淡泊而宁静。大家屏息无声，似乎担心一不留意，昙花就会从眼前飘逝。

昙花悄悄地开了，静静地舒展水嫩的花瓣，一层又一层向四周开放，默默展现着生命中的芬芳和色彩。到了子夜，昙花完全开放了，足有碗口大小。花盘四周，长长的绿绿的萼片把洁白的花瓣映

衬得更加娇嫩水灵；从花心伸出一根根细细长长的花蕊。昙花"五官"端正，天生丽质，风姿绰约。那种素馨、恬淡以及超凡脱俗的气质，天然完美，恰似一个含情脉脉的美丽少女，温柔可人。

百花几乎都在白天尽情开放，昙花不去凑这个热闹，选择在夜阑人静之时悄然绽放，不张扬，不炫耀，不同百花争奇斗艳，不争抢人们的讴歌颂赞。花开时，没有彩蝶来翩翩起舞，没有蜜蜂来情意绵绵，独自粲然含笑，笑得开心，笑得灿烂。我相信昙花是有灵性的，她是个特立独行的美人，在人间孤独到极致，也就常常美到极致。昙花在孤独中怡然自得，在自得中享受她美丽的生命，享受她生命的欢乐。能够耐得住孤独和寂寞，在孤独和寂寞中学会平和与清明，内心也就一定是充实的。

昙花从含苞到盛开展露她全部的美丽和气质，再到枯萎，几乎是转眼间的事情。其实，世上万事万物，都要经历发生、发展到湮灭的过程。人的生命过程有长短之别，然而生命的意义更在于，在这个过程中是否曾经燃烧过、辉煌过。浑浑噩噩长寿，岂能同辉煌人生相提并论！哪怕这是一个短暂的人生，哪怕是这个短暂人生中的一次辉煌！一闪而过的流星，毕竟在黑夜长空留下过辉煌的壮丽；登上冠军领奖台的瞬间，谁能说那不是展示了人生巅峰的风华！然而，这"短暂"和"瞬间"却是永恒的，永恒的记忆，永恒的辉煌！瞬间的辉煌千百倍于永久的平庸。

初夏清夜，微风吹进室内。昙花清香缥缈，满室弥漫。这是一种令人难忘的香味，让人在夜色中沉醉，引人思绪悠悠。

纳米布的千岁兰

无雨的季节，千岁兰伸展开长长的叶子，尽情
吸纳雾水与露水，然后储存起来，用来度过生
命中的难关……

◎陈　萍

　　纳米布沙漠是世界上最古老、最干燥的沙漠之一，它起于安哥
拉和纳米比亚边界，止于奥兰治河，沿非洲西南大西洋海岸延伸两
千一百公里。纳米布沙漠被凯塞布干河分成两个部分，南边是一片
浩瀚的沙海，北边是多岩的砾石平原。

　　纳米布沙漠年均降雨量不足二十五毫米，有时甚至数年滴水不
下。只有大西洋的阵阵风暴，每月会给这片沙漠带来五六天的浓雾。
想象中那该是一片荒凉的不毛之地，然而，就在砾石平原上，却生
长着一种神奇的植物——千岁兰。

　　作为纳米布沙漠上独有的植物，千岁兰的根一部分深深扎入砂
石中，一部分裸露在地表上。它有一对皮革般的带状叶子，长的可
达三米多。这种半似松树球果半似绿色花卉的植物，顶端还生长着
如同枸杞一般的红果……

　　在那酷热的沙漠戈壁中，干旱时常威胁着千岁兰的生命。因为
缺水，千岁兰宽厚的叶子便会渐渐枯萎，看起来就像一堆破布条；

炎炎烈日下，风暴还要不停地抽打千岁兰；荒凉的沙漠中，挺立的千岁兰还是动物们的食物……

在如此恶劣的条件下，千岁兰的生命纵然不会短暂如昙花一现，大概也经不起岁月的几番轮回吧。可事实却让人目瞪口呆——千岁兰的寿命竟然长达两千年！

这是怎样神奇的植物，干旱的日子里，肆虐的狂风中，千岁兰一任动物们吞噬自己的枝叶，而它自己所能做的，只是默默地忍耐、坚忍地等待，等待着雨水的降临。无雨的季节，千岁兰伸展开长长的叶子，尽情吸纳雾水与露水，然后储存起来，用来度过生命中的难关……难怪著名植物学家韦尔威特希考察纳米布沙漠时，面对千岁兰感慨万端："我坚信这是南部非洲热带生长得最美丽、最壮观、最崇高的植物，是非洲最不可理解的植物之一。"

沙漠上的千岁兰，让我们肃然起敬。人类常常自诩为万物灵长，可我们何曾拥有过千岁兰一般柔韧而顽强的生命？工作的挫折、生活的窘迫、情感的失意都能成为放弃自我的理由，而后日渐消沉下去……我们却忘了，在那个数年滴雨不见的沙漠里，千岁兰骄傲地挺立着，用茁壮的枝叶、用蓬勃的气势淋漓尽致地诠释着生命的美丽，最终成就了一段千古传奇。

一株植物尚且活得如此努力而顽强，我们还有什么理由去漠视自己？面对千岁兰，除了竭尽全力让生命活得热烈活得精彩，我们还能做什么？

用牙齿走路

没有四肢，就用牙齿行走；缺少力气，就用智慧谋生……生活中的很多奇迹和成功，就是这样诞生的。

◎钱国宏

在高纬度海洋里，有两种哺乳动物堪称北极圈之最，一是鲸，二是海象。海象身长 4～5 米，平均体重 1 吨，最重的雄海象体重可达 4 吨，它们趴在冰上的时候，远远望去就像一辆辆抛锚的坦克。

海象终生生活在北极圈内，有"北半球土著居民"之称。生活在冰雪世界里的这些庞然大物，是如何在厚且光滑的冰面上行走、捕食的呢？这个问题曾一直困扰着动物学家。当动物学家来到北极的冰雪世界，走近海象这一庞大种群时，眼前的景象让他们非常吃惊：这些庞然大物竟然用嘴巴上的两只尖利的长牙钩住冰面，然后带动身体前行。遇到冰山时，它们就用这对长牙，像登山运动员手中的冰镐一样，一步步地"刨"住光滑的冰体，然后一点点地向上攀登。海象的长牙，最长可达 1 米，重约 4 公斤，特别引人注目。长牙其实是自上颚长出的犬齿，与象牙一般无二，且一生都在长个不停。这对长牙在动物学家的印象中，应该是海象攻击敌人时不可或缺的武器或是捕食的工具，谁知它们竟用它来攀登冰山、拖体前进！正是靠着这对长牙，海象们才能在冰面上行动自如，迅疾如风。动物学家经过考证和研究认为，在远古，最初的海象也像海豚、海狗一样在岸上靠身体的冲力一耸一耸地向前爬行，因此，它们常常因行动迟缓而遭到攻击，甚至付出生命的代价。进入北极圈后，环境发生了变化：到处是冰雪。原有的行走方式行不通了，而且一生中的大部分时间都是在冰上度过，海象们就别出心裁地"发明"了这种"牙齿行走法"。

世间有很多事真的是"只有想不到的，没有做不到的"，就像一句广告词说的那样："一切皆有可能！"当我们陷入进退维谷的境地时，开动脑筋，激活智慧，往往会"急中生智"而杀出一条匪夷所思的新路来。没有四肢，就用牙齿行走；缺少力气，就用智慧谋生……生活中的很多奇迹和成功，就是这样诞生的。

小蚂蚁的大智慧

个体的能力和才智固然重要，但集体的合作和
智慧才是走向成功的关键和保障。

◎清　山

　　编织蚁被称为世界上最漂亮的蚂蚁，早在二百万年前就已经生活在地球上。它们在做窝时，蚁群会充分发挥集体的力量和智慧，工蚁会首尾相接把树叶聚拢在一起，然后利用幼蚁头上的白丝作线把树叶粘合起来，做成独具匠心的绿色小屋。其工艺水平堪称昆虫界的缝纫大师。而失去了蛹的幼蚁会在"空中别墅"里受到工蚁们的精心呵护和照顾。

　　蚂蚁群策群力的合作精神几乎贯穿于它们的每一次行动。美国亚利桑那大学和普林斯顿大学研究人员发现，蚂蚁在选取巢穴位置等活动中，表现出了超乎于人类的理性。为了避免决策失误，蚁群在集体决策时，会吸取众多蚂蚁的意见，并进行综合分析，使集体智慧得到充分体现，从而避免了"一言堂"可能导致的错误。蚁群对单个成员的智慧资源进行整合利用，可以促使群体在完成复杂任务时表现得有条不紊、游刃有余，集体智慧帮助蚁群在适应自然环境的过程中发挥了重要作用。

当我们人类在集体活动中，由于盲从于少数人的决策，或者意见相左各自为战，从而导致屡屡碰壁时，不妨低下头来，向蚂蚁学习。个体的能力和才智固然重要，但集体的合作和智慧才是走向成功的关键和保障。

青枣溢香

文章做到极处，无有他奇，只是恰好；人品做
到极处，无有他异，只是本然。

枣儿成熟季节，侄女抱来一箱枣，说叫我尝尝。打开箱子，一个个滚圆溜光的枣儿，那绿，绿得晶莹，像翡翠；那红，红得剔透，像玛瑙。咬一口，清香脆甜。吃着枣儿，我的思绪却一下子飞到从前。

老家的屋前，有一棵枣树，是爷爷年轻时种下的。到我出生时，枣树已有碗口粗，一丈多高，华冠如盖。家乡人有"枣树砍，枝头满"的习俗，就是每年的秋后，都要用斧子去砍枣树的树身，砍得伤痕累累，所以枣树长得慢。幼年时的我，每回看小叔砍树，都看得心惊肉跳，目瞪口呆。我觉得小叔不是在砍树，好像是在和人作战。我感到了枣树的疼痛，哭着不干，找爷爷。爷爷笑着擦着我的泪，说："不碍事，不碍事。枣树砍，枝头满。砍几下，明年才能结更多的枣儿呢。"

我一直不解，为什么枣树非要被砍几下，来年才能结更多的果实？就像小孩子屁股上不挨揍，就不好好学习一样？我才不呢，我可不向枣树学。后来上学以后，每次看到小叔砍树，我都这样想。

但我仍然喜欢那棵枣树，因为我喜欢闻枣花淡淡的清香，我能吃到甜美的枣儿。

枣树似乎有些迟钝，杨柳依依、桃花怒放时，它才刚刚绽绿。但不久，庭院里会有暗香浮动，淡淡的、朴素的芬芳，不经意间丝丝飘过，沁入鼻息。抬头一望，米黄色的枣花不知何时已缀满枝头。小枣密布枝头时，枣树蓬勃葳蕤，我就在枣树下玩耍；一枝枝的青枣泛光时，我望着它垂涎欲滴；累累的大枣成熟泛红压弯枝条时，我让小叔打枣给我吃；待枣儿完全成熟，个个红光满面时，收枣的季节到了，院子前后十几家的小孩儿们都跑了过来，热闹非凡，像过年一样。小叔拿竹竿打枣，那枣儿飞溅着、蹦跳着、满地乱窜地滚动着，我们一帮小孩儿喊叫着，奔跑着，捡拾着，大口大口"嘎嘣嘎嘣"地饕餮着。我们含着满口的脆甜清香，两手拿着捧不住的枣儿，一次次地跑向奶奶，奶奶乐呵呵地张着口袋接迎着，脸上笑成一朵菊花。

后来我离开了家乡，随着家人的故去，我已很少回乡，那屋前的枣树和收枣时的欢乐，已成遥远的记忆。吃着侄女拿来的枣儿，回忆着沧桑往事，我感到岁月流逝的无情和人间至爱的珍贵。

一大箱枣儿太多，我和妻俩人吃不完，送人一些，余下的一些妻怕放坏，就煮熟了，叫我尝。我拿起一个咬一口，既无清香，又失去脆甜，寡淡无味，只怪妻。转而寻思，其实枣儿如世事，亦如人事呢。枣儿要么清脆，要么老熟，清脆有清脆的芬芳，老熟有老熟的甘甜。什么事情过头了，就走向反面。老枣是能存放的，然而存放太久，就会发酸；青枣是脆甜的，然而你要人工催它老熟，它就寡淡无味了。这使我想到做人做文的道理，《菜根谭》里有一名句："文章做到极处，无有他奇，只是恰好；人品做到极处，无有他异，只是本然。"人和枣儿一样呢！

在内心深处，对溢香的青枣有股莫名的留恋。我真心地希望，自己能永远做一只溢香的青枣。

秋日树语

此时的树，走进了一种境界，滤去春夏之际的浮躁喧嚣，变得沉稳安静，淡定通达。

◎翁秀美

暑气渐退，凉风新起，天高云淡，水净月清。

秋，是一首清淡悠远的山水田园诗，秋日的树则在田园诗中点缀一行行高低错落明媚鲜艳的韵脚；秋，原本有点儿萧条与凄清，是树让秋充实了，丰盈了。

所有的树到了秋天，仿佛也到了一个极致，不是春日单纯朦胧的青涩，也不是夏日笼统一团的翠绿，而是一幅色泽鲜明的油画。一夜之间，树犹如神助，一下子得了如此多的颜色和光彩，于是树看上去千姿百态，色彩缤纷，青青黄黄绿绿红红，深深浅浅浓浓淡淡，黄是耀眼的黄，绿是浓密的绿，红是燃烧的火，很是壮观。还有一层灰一层紫一层蓝一层绿，挨呀挤呀，争着把自己纳进秋的镜头。秋日的树让人目眩、羡慕。

不是吗？你看，白杨树叶片绿中泛黄，在风中翻转着，呼啦啦作响；那银杏啊，漫天的金黄闪亮了整个世界，瞧上一眼，黄色便沁到心里，洇开一片；枫醉了，满头满脸的红，那红，是层次分明，猩红、粉红、鲜红，如珊瑚灼海，红云万匹，恍若"万千仙子洗罢脸，齐向此处倾胭脂"；间杂嫩青老绿的松柏，美不能言；就连临水之树，倒影亦是泼红嵌黛，光鲜明亮，偶有雁儿穿梢而过，直疑是人间仙境。

树与秋的相逢，可是初秋的一场爱恋、深秋的一次惜别？树对秋倾尽了生命中的所有。

树用一春一夏的生发成长，于秋日悄悄地捧出无数硕果。秋天是收获的季节，而众多奉献者中，有树的每一个品种、每一个名字。这些名字都沉甸甸地化作秋的美丽别称：金秋。

树与秋同进共退。树叶的生命在深秋走到了尽头，飘落无语，树叶下落的姿势轻悄曼妙，那是树与秋美丽的拥抱。四季分明才是真正的四季，落叶之美无法形容，且不会让人觉得伤感。都说努力应从春日始，窃以为却是秋天方能给人们以无言的启示，正是目睹了秋日落叶的从容静美，才会有种强烈对比，更加理解生命的本质和意义，进而催人奋进，教人惜时，将平生的理想抱负酝酿一冬，来年开春厚积薄发。

即使叶子全掉光，树细细的枝杈如同蛛网，它也会伸展柔韧的枝条，疏疏勾勒，在蓝色天幕上随意画出万千种形态各异的图画。即使落到地面的叶子，也要用最后的力气将地面铺成红红黄黄的地毯，任凭孩子跳过，行人踩过，秋风巡察，秋雨点将。

不察觉自己的美才是真正的美。树完全不知道自己有多美。树看不见，树只知道用自己的色彩和生命，涂抹着秋，展示着秋。倘若树会说话，那便是树最纯朴最美丽的语言。

如果大地没有了树，山是孤独的，水是寂寞的，鸟的窝搭在哪儿呢？风又会和谁打招呼呢？而秋，还有什么意义呢？湖泊、秋天、斑斓的树，让人神往的童话仙境，不事张扬且能荡人魂魄的，莫过于秋日的树。此时的树，走进了一种境界，滤去春夏之际的浮躁喧嚣，变得沉稳安静，淡定通达。

　　山头，路边，庭园，溪涧，一棵棵一行行一片片，树，仰视俯视，近看远观，皆是图画。我们仿佛看到：所有的树，在风里衣袂轻扬，舞之蹈之，万里秋天之下，树，壮观动人至极！

吴哥与树的战争

只有顺应自然，与自然和谐共处，我们才会得
享自然给予的润泽与馈赠。

◎感　动

　　柬埔寨的热带雨林深处，隐藏着一群神秘的古老寺庙，它们被
称为吴哥窟。

　　吴哥窟在吴哥王朝崩溃后被埋没在荒野之中四百多年，让全世
界都遗忘了它的存在。直到 1860 年，法国博物学家姆欧在密林中
探索时，发现了它们，吴哥窟才得以重见天日。

　　但是人们很快发现，熬过历史沧桑、战火摧残的吴哥窟，正在
卷入另一场可怕的纠缠之中。

　　许多寺庙都被古树缠绕着，巨大的热带树木，用巨蟒一样的根
系紧紧地缠绕着庙墙寺塔，有些古树骑跨在围墙上，盘根错节，蜿
蜒攀附。墙体与古树一起倾斜、崩裂，看似摇摇欲坠，却又勾连锁
系，形成一种微妙特殊的共生关系。但是，随着树木的不断生长，
在不久的将来，这些寺庙将会被挤压得坍塌成一堆堆石块。

　　为了保护这些珍贵的世界遗产，世界许多国家都派出文物修复
专家抢救吴哥窟。但是树木与建筑既相互依存又相互威胁的现状，

229

让这些想保存吴哥窟荣耀的专家们倍感棘手：如果要清理掉建筑中的树木，寺庙就会倒塌，因为树木的根茎是维系吴哥窟多处断壁残垣的唯一凭借；如果不清理这些树木，照此发展下去，树木的生长会不断挤压早已摇摇欲坠的脆弱建筑，用不了多久，它们就会摧毁这座千年古迹。

文物专家们没有办法改变这些寺庙的现状，而只能修剪一下这些树木，但有一点可以肯定，无论人类怎么做，吴哥窟终会倒下，而它们的位置将会被树木取代。无法改变的残酷现实，让为这些艺术瑰宝心醉的人心碎。

如果，将时光倒退到一千多年前，我们将会看到另一番毕生难忘的画面。这里没有建筑，因为这是南亚最大的一片热带雨林，各种树木葱茏茂密、生机勃勃、竞相生长，构建着一片宁静而和谐的绿色王国。直到有一天，人类的足迹出现在这里，他们用刀斧、用火，蛮横地将一棵棵大树砍倒、烧死，最终，一片片森林被烧成灰烬，夷为平地。然后，许多巨石被从别处运来，在上百年的时间里，一座一座寺庙在森林的心脏地带挺起。最终，一座座令人叹为观止的世界奇迹产生了。

建筑者们不曾想到，那些被砍倒的树木，并没有屈服于人类的屠刀烈火，它们将屈辱与愤怒的根须深深埋在地下，等待机会破土而出，收复自己的家园。接下来，在一场关于时间和耐力的比拼中，人类的文明开始屈服于自然。吴哥王朝覆灭后，吴哥窟被遗弃，树木的进攻由此拉开了序幕，一点点地蚕食和瓦解，让这些"占领者"崩塌，破碎，走向毁灭。

先进的科技、精湛的工艺，只能暂时延缓吴哥窟衰败的速度，在强大的自然力量面前，谁也挽救不了它们。

吴哥与树的故事，告诉人类如何与自然相处：向自然进攻，与自然为敌，最终必会败给自然。只有顺应自然，与自然和谐共处，我们才会得享自然给予的润泽与馈赠。

冬日也妖娆

辛劳了一生，走过了激情燃烧的岁月，何不让
自己晚年的色彩更斑斓些呢？

◎胡子民

提到冬天，首先给人的感觉便是寒冷与萧索，不过，初冬如春
自有趣，我看到了冬的丰腴、冬的耿直，它既有夏的色彩，也有秋
的斑斓。几遭严霜没有杀灭绿的生命，却如油画家手下的笔把山野
涂抹得愈发漂亮。枫叶红、银杏黄、松重绿、柏如墨，天更蓝、云
更白、水更清、空气更新鲜。

披着冬日的朝霞，沿着山野的小路走上一圈，你会发现，缕缕
白云山腰缠绕，群群鸥鹭栖水旁嬉戏，农庄飘出的香味是丰收的醇
酿，摩托载来的美丽是小伙儿的新娘。冬天到了，年也不远了，此
时正是山民们打豆腐熬糖、烫豆粑腌肉准备年货的时候，也是小伙
子们托媒拉线、相亲接媳妇的季节。忙过一年，该收的收了，该购
的购了，是到了将辛苦兑换幸福的时候了。

村庄里热气蒸腾，全没有寒冬的猥琐。管他千里冰封、万里雪
飘，我自享受生活，自在逍遥，逐渐富起来的农民给寒冬赋予新的
意义，使得萧索冬日尽显妖娆。

人生亦有四季，我已走过了春、夏、秋，正步入初冬了。所不同的是，自然界里冬季来临春季就不会远了，四季更换，无穷无尽。而就人的个体而言，走完四季就没有循环的可能，冬天到了，死亡也就不远了。这是历史的必然，谁也不会例外，无论你是居庙堂之高还是处江湖之远。

与其这样，何必总看冬之萧索，感受风刀霜剑之苦呢？

辛劳了一生，走过了激情燃烧的岁月，"仓廪实"后自当享受生活了，何不让自己晚年的色彩更斑斓些呢？因此，重塑五彩人生显得尤为重要。

老年保健，锻炼身体，储备健康是冬日里的如火红色，有道是"饭后百步走，活到九十九"。

平和心态，寻找开心，笑口常开是冬日里的青春亮色，有道是"笑一笑，十年少"。

干点儿自己感兴趣的事，填充空闲的时光，像我就喜欢上网、写点博客、发点照片、交交朋友，亦可心旷神怡，何乐而不为？这如同冬日里富丽的黄色调。

色彩丰富了，精神就振作了，虽是老年，也显妖娆了。

我把冬日当春过，何愁四季唤不回？

当草拔高了自己

任何物件，也只有在提升了自己时，才能显示
出真正的价值。

◎张亚凌

　　路过深秋的花园，几乎是一片死寂，唯有满园的月季苦苦挣扎，
勉强成为"花园"的标志。

　　突然看见，园中挺立着一株我从未见过的花。

　　高过旁边的月季尺许，满枝头白绒绒的球状花朵与月季那仿佛
受过伤害的暗红色花朵形成极大反差。白绒球骄傲地摇摆着，宛如

在诉说着自己的不凡。

什么花？疑惑与好奇驱使着我拨开冬青，小心进入园的深处。

蒲公英，原来是一株拔高了自己的蒲公英！那倒披针状并羽状分裂的叶子，似乎在诉说着自己在拔高过程中所付出的艰辛。

旁边那几株月季，我平视便可尽收眼底，然而这株蒲公英呢，则需要我退后、仰视方能看清。拔高自己，攀上一个高度，才有可能傲然挺立。当草拔高了自己，杂草亦可成花！

不仅仅草如此，任何物件，也只有在提升了自己时，才能显示出真正的价值。一把砂壶，雕龙刻凤，承受了岁月的沧桑，小心地保全了自己，只因其见证了盛唐生辉的

日月，历经了元朝的所向披靡，也苦熬过了清代的日渐衰败直至腐朽，于是，它就成了"古董"。或许，不，一定，在它刚来到尘世时，是同成车成车的兄弟姐妹涌进长安城的。只是它，在时间的打磨里，成了最幸运的。

草是卑微的，砂壶是普通的，可它们疼惜自己，提升自己，也就成就了自己。

霍金，想到他就想到"疾病""轮椅""被固定"这些残忍的词语，而就是这个人，写出了《时间简史》，就是这个几乎不能动的人，在为正常人讲述着宇宙的奥妙。霍金，在起跑线上最为落后，却跑得最远。上帝残忍地和他开了一个很不厚道的玩笑，他的努力却使得上帝尴尬异常，人定胜天并不是一个传说。

约翰·库缇斯，据说出生的时候只有可乐罐那么大，腿畸形，后来还被切除了，肛门也没有，又患癌症，从小受尽歧视和折磨。他只能依靠双手行走，却成为运动健将；他只能算半个人，却是世界上最著名的激励大师，在一百九十多个国家，用自己的亲身经历，激励过二百多万人。

不是吗？蒲公英拔高了自己比月季还惹眼；霍金与约翰·库缇斯也是，残疾到让人不忍心看，似乎看一眼都是更大的残忍。然而，他们将自己拔高到让世人瞩目的位置。

五月的禾苗

要经得起生活的风吹雨打，从小就应该像那些
秧苗，勇于接受生活苦难的磨砺……

◎张 玮

小时候，我常跟着叔公到地里去干活。叔公扛着锄头，到地里去清垄；我背着草筐，跟在叔公的背后，捡拾叔公清除下来的杂草。

五月的天，已很有些热。无遮无拦的天空下，火辣辣的太阳光，毫不留情地照射着大地上的每一个角落。天已有很多日没有下雨了，地里旱得很，还没长到我小腿弯高的玉米苗，全都晒得蔫蔫的，有些叶子都打起了卷。即使这样，叔公清垄还很仔细，他不仅把秧苗周围的杂草清理得干干净净，还在每棵秧苗周围深深地划拉上几锄，仿佛嫌秧苗根下的水分还蒸发得不够似的。

我不解，便问："秧苗都旱成这样了，为啥不浇水，还要再划拉上几锄？"叔公笑着回答说："傻孩子，知道吗？有钱难买五月旱。这五月的秧苗，正是扎根的时候，这时旱一旱它，给它松松土，秧苗的根就会尽力往深处扎伸，去找水分。表面看起来，秧苗蔫蔫的，一点儿也不翠绿茂盛，但秧苗的根却会因此扎得深，扎得牢固，一旦到了六月的雨季，秧苗就会迅速地往上蹿个子，即使遇到狂风

237

暴雨，秧苗也不会倒伏减产。而且，由于秧苗在土壤里根系扎得深，分布广，吸收的营养成分也多，结的果实——玉米也会特别大……"

听了叔公的话，我不由得恍然大悟。

多年过去了，叔公的话还回响在我的耳旁。现在细想，小时候多受些磨难，多吃些苦，并不是坏事，这磨难、这苦，说不定会成为你的一笔财富，激励你成长得更加茁壮。因为，正像人们常说的，温室里的花朵，是经不得风雨的。小时候过惯了饭来张口、衣来伸手的优裕生活，长大了一点儿挫折就可能把你击垮。要经得起生活的风吹雨打，从小就应该像那些秧苗，勇于接受生活苦难的磨砺，这样，日后你才能长成蓬蓬勃勃的栋梁之材。

"捻"出来的奇迹

成功有时与我们只相隔一朵花的距离，很多平常的细节里就蕴藏着奇迹。

◎焦淳朴

香子兰是一种生长在墨西哥的豆科植物，它的果实是一种名贵的香料，被广泛用于食品和化妆品。由于产量低，其价格仅次于藏红花，是世界第二昂贵的调味"香料之王"。当地的印第安人部落经常为争夺它而血流成河。最初，香子兰只生长在墨西哥，这是因为只有墨西哥特有的长鼻蜂才能给它授粉结果。

二百多年前，南印度洋留尼汪火山岛上的居民引进了香子兰和为之授粉的长鼻蜂。那年春天，香子兰在岛上生长茂盛，并开出了淡黄色的花朵，看着漫山遍野的香子兰，留尼汪人似乎看到滚滚财源，心里有种说不出的高兴。但他们的兴奋并没有持续多久，因为引进的那些长鼻蜂无法适应火山岛上的环境，最后都死去了，而当地蜜蜂对这种外来植物毫无兴趣。没有了长鼻蜂这个"送子观音"，意味着这漫山遍野的香子兰将无法结果，留尼汪人欲哭无泪，这就等于手里握着大把的支票，到银行支取时，却被告知银行已经倒闭了。

一天，一个心有不甘的留尼汪人偶然用手捻了一下一朵香子兰的花心，没想到竟捻出了奇迹，不久以后，这株香子兰结出了香喷喷的果实。这样，岛上的人们才知道，香子兰是雌雄同体的植物，没有长鼻蜂，人工也可以为它授粉。这个人不经意的一捻，彻底改变了香子兰的命运，现在香子兰的足迹开始遍及世界。如今，每当香子兰花开时，人们只要随身带一个长长的针，刺一下花心，就完成了授粉任务。

原来，成功有时与我们只相隔一朵花的距离，很多平常的细节里就蕴藏着奇迹，有些人因为无动于衷、消极等待而与成功失之交臂。只要你善于发现，善于从中捕捉到成功的契机，也许，在这之后你会发现，它会给你一个意外的惊喜。

拣石三思

人的视角多种多样，对事物的感受也各不相同。正因为各具个性，生活才会千姿百态，五彩缤纷。

◎王如明

一

长岛望夫崖，拣石好去处。恁大一片海滩，在我们看来全是奇珍异宝——小石子儿个个晶莹圆润，五彩斑斓，厚厚地铺在海滩上任我们随意把玩、撷取。同行企业员工几十人，有的一惊一乍："哇！这里莫非曾经住过神仙？"有一位接着说："这些石头子儿若拉回去铺在我们小游园、福利区，条条道路都会变成美丽的五彩路。"——他是管环保绿化的。一位有点儿艺术修养的员工说："你真会糟蹋东西，这样的宝贝铺在地上岂不可惜？若拉回去建个奇石馆，或分给员工放在家里，静、美、韵、致都有了，极大的艺术享受！"一位有商业眼光的员工说："如果用火车把这里的石头拉回去，颗颗都能卖个好价钱。"

彩石在不同人眼里有不同的价值，人才不也一样吗？人才一如彩石。只是，在"拣石""用石"时，别糟蹋了"彩石"，埋没了"彩石"。

二

久居内陆，不常见海。今日在海滩见到这么多晶莹玉润、美丽可爱的小石子儿，怎不令人眼花缭乱？不知怎么挑才好。有的根据自己的喜好专拣形如鸡蛋、洁白如玉者，有的专拣圆而又圆的五彩斑斓石，有的根据石的色彩花纹影像构图做取舍。后来对究竟什么样的石头算是好石头争论起来。我说："一是选择你喜欢的，你喜欢的就是好的；二是选择有图案而你又能欣赏得来的，大自然的灵秀浓缩于石中，大自然奇异造化浑然天成，你要欣赏得来，它给你美的享受和启迪，欣赏不来，废石一块。所以要根据自己的情况做选择。大家都选择了自己最喜欢的，那就一定是最好的。"

人的视角多种多样，对事物的感受也各不相同。正因为各具个性，生活才会千姿百态，五彩缤纷。如果雷同，生活还有什么韵味？

三

拣石小憩，目睹海浪总是那么激情地、永不知疲倦地夹沙击石，冲击海滩，"大浪淘沙"几个字突然映入脑海。我的心倏地一惊：人生不也如此吗！人生几多沉浮，要掌握自己的命运，在人生的风浪中陶冶自己，使自己刚毅起来、纯净起来，就像这些萤石净沙，原来不过是一些粗粝的石头，经过千万磨难，才精致无比，才成为人们眼中的宝贝。此时此刻思绪万千，心潮随海浪涌动，对"大浪淘沙"产生从未有过的强烈触动和感悟。其实，大海蕴含的人生哲理又岂止是这些？

荷兰菊盛开的秋天

荷兰菊历经磨难，对滴水之恩的培育却回报世界以灿烂美丽的整个秋天。

◎邹世昌

最近心情极坏。

已过而立之年的我，仍困囿于家乡这座小城的一所中学，遥想当年，作为校篮球队的主力，驰骋市运会；加入各种社团，青春激扬，理想闪光。毕业后，虽然也取得了一些成绩，但随着年龄的增长，家务的琐屑，工作的单调，没了当年的意气风发，为了追名逐利，委屈自己做一些自己也不愿意做的事。为争取进步，我曾经身兼数职，既带班，又教两个班的课，还是校团委书记、教研组长。原本潇洒的我变得亦步亦趋，不苟言笑，使本来阳光的心空布满了阴霾。两年来，我感觉失去了生活的方向，爱好广泛的我失去了激情与梦想，莫名的烦躁与空虚，有时甚至搞得家里鸡犬不宁，妻子怨怼，女儿恐惧。

直到校园内的荷兰菊盛开在金色的九月。

秋雨绵绵无绝，滴滴答答。每当去厕所必经过学生化学实验室前的学校大花坛。大花坛呈长方形，被校工会主席割成了八块三角形小花坛，其中有四块种上了荷兰菊，其他四块分别是牡丹、串红等杂花。就在我心情格外差的这个九月，荷兰菊悄然绽放，由前几天零星的几朵蝴蝶似的小花，到今天满园灿烂，有如天边簇簇晚霞铺陈怒展，在秋雨的滋润下妩媚妖娆。

　　午后雨过天晴，阳光扫得天空只剩下几朵闲云在散步，从东到西，就那么几朵。我走近荷兰菊，只见一朵朵小花争着向上，你不让我，我不让你，都展示着自己美丽的容颜。阳光把一丝丝金线洒下，试着要把这一朵朵迷人的美丽垂钓上来，而这一朵朵飘逸的精灵却抱成一团，团结得紧，毫不松手。再看周围还有那许多"粉丝"呢，只见花坛上空蜂绕蝶舞，煞是热闹，都忙着找一个个"明星"签名呢。再看看牡丹，在秋雨中像淋湿的鸡，狼狈不堪。再看那串红，一朵朵小红花已经渐渐凋谢，像极了容光不再的老妪，虽施了粉黛却难复春光。只有这荷兰菊，这一株株迟放的精灵，不与牡丹串红争锋，默默地汲取营养，积蓄力量，朝着太阳的方向生长一身葱绿与满头红发。

　　看到此等美景，真的难以想象，春天栽种时它们只是作为赠品被装在一个大蛇皮袋子里，当时气温很高，一个个小小的花苗像去年大旱时地里的小玉米秧，蔫蔫的，了无生气。当把它们从袋子里掏出来时，都没有人把它们当作花木，甚至有人提议把它们扔掉。还好校长发话留了下来。就这样，学生们好歹把它们栽在了花坛里，随便浇了点水。之后，就再也没人给它们浇过水，更别说施肥了。所幸的是，今年朝阳地区雨水好过去年，每当小菊趴在地下要烤干的时候，就会有一场及时雨救命。正应了那句老话："天无绝人之路，老天爷饿不死瞎家雀。"就这样，荷兰菊历经磨难，挺了过来，由当初的半尺许到今天的齐膝高，叶子葱葱郁郁，花朵娇艳欲滴，对滴水之恩的培育却回报世界以灿烂美丽的整个秋天。尤其可贵的是它们顽强、团结，不畏逆境艰险，用顽强的生命力向世人证明，它们是美到了最后的花之王者。

蹲下身去，凝视着随风摇动的荷兰菊，我浮躁的心有一丝丝的清凉在蔓延，闭塞的双耳又听到了蝈蝈的吱吱鸣叫、小蜜蜂的嗡嗡嘤嘤、喜鹊的叽叽喳喳。凝视着随风摇动的荷兰菊，我被俗欲迷乱的双眼看到了每一朵菊花的不同，它们高低错落，姿态各异。带露的娇艳欲滴，初绽的含羞带怨，盛开的炽烈奔放。每一株都是一个生命的个体，每一朵都是绝无仅有的美丽。捧一把秋雨浸润的家乡泥土，置于鼻端嗅闻久违的芬芳，那久违的亲切瞬间充盈大脑，那种混杂五谷香的味道润肺润脾，提神怡情。

最近心情极坏，直到我看到校园的荷兰菊盛开在细雨绵绵的秋天。痛定思考，打开抽屉，我拿起了手中的笔，要用我的笔描画并收获属于我自己的灿烂金秋。

用蚂蚁吓退大象

当蚂蚁重新聚集在金合欢树上时，刚才还目空
一切、大嚼枝叶的大象，仿佛刹那间变成了胆
小的老鼠。

◎老人与海

　　非洲肯尼亚的中部丘陵地带，原本植被茂密，但随着当地大象
数量的增加，有些地方的植被遭到严重破坏。因为大象喜欢食用树
叶和树皮，象群所过之处，仿佛给植物做了一次失败的外科手术。
一片狼藉之中，遭受灭顶之灾的植物几乎很难再有复苏的机会。当
地人为此非常苦恼，因为大象被列为保护动物，不能用枪械驱赶它；
而大象力量巨大，如果手中没有枪械，居民们拿它们毫无办法。眼
看着大象对植被肆意摧残，大家一筹莫展、长吁短叹。

　　就在当地民众不知所措的时候，两位研究人员闻讯赶到了这里。
丘陵地带日渐加深的"谢顶"情况也令他们忧心忡忡。经过考察研究，
他们惊奇地发现，丘陵地带的土壤分为沙质和黏土两种，沙质土壤
的植物破坏严重，但黏土地上的植物却毫发未损。经过进一步观察，
他们发现，在黏质土地上生长着一种金合欢植物，平时蚂蚁非常喜
欢生活在这种植物上。是大象不喜欢啃食这种金合欢植物吗？两位

研究人员试着把黏质土地金合欢树上的蚂蚁驱赶下来，令人瞠目的一幕出现了：象群大摇大摆地前来啃食金合欢的叶子和树皮。而当蚂蚁重新聚集在金合欢树上时，刚才还目空一切、大嚼枝叶的大象，仿佛刹那间变成了胆小的老鼠。象群纷纷转身离去，向沙质土地进发。

两位研究人员由此向当地民众提出了用蚂蚁解决大象破坏植被的办法，大家都感到不可思议：身躯庞大、力大无穷的大象会怕小小的蚂蚁，这不是天方夜谭吧！研究人员马上做出了用蚂蚁驱赶大象的试验，结果令人称奇：生长着蚂蚁的金合欢树，大象连碰也不敢碰一下。

面对公众的疑惑，研究人员解释道：这是因为大象长长的鼻子里面长满了神经末梢，如果蚂蚁爬进了大象的鼻子里，会损坏大象娇嫩脆弱的神经末梢，这样的痛苦会让看似强悍的大象难以忍受，而对于在鼻子内为非作歹的蚂蚁，它们又没有办法驱赶。因此，在啃食植物的时候，象群都非常小心，一旦发现树上生长着蚂蚁，它们就会主动退让，甘拜下风。而金合欢树也会知恩图报，为保护自己的蚂蚁提供坚固的巢穴和丰富的食物，从而吸引更多的蚂蚁在自己的身上筑巢，进一步增强了保护自己的"铠甲"。

在我们的学习、生活中，每个人都会遇到一座座看似难以逾越的大山。蚂蚁吓退大象的事例告诉我们，只要善于观察，勤于思考，许多貌似不可解决的挫折和难题，其实都可以迎刃而解。

树语三题

物竞天择，适者生存。当环境不可改变时，改
变自己是唯一的生存方式。

◎和　庄

光棍树

在东非和南非的高温干旱地区，生长着一种奇特有趣的树。它只有树干和枝条，没有叶子和花朵，浑身上下光溜溜的。人们形象地称它为"光棍树"。

其实光棍树并不是不会长叶子，把它移栽到温暖湿润的地方，它很快就会长出叶子。它之所以长成这副模样，完全是为了适应环境，自我革命、自我改造的结果。在高温干旱的环境里，不长叶子，可以减少水分蒸发，就避免了被旱死的危险。其他植物长叶子是为了存活，光棍树不长叶子也是为了存活。

物竞天择，适者生存。当环境不可改变时，改变自己是唯一的生存方式。

卷 柏

1959 年，日本一位生物学家发现了一个使他十分惊奇的现象，一株十一年前的植物标本居然复活了！这种植物就是卷柏。

卷柏，又称九死还魂草、长生不死草，以极度耐旱而著称。当对生存的环境不满意时，卷柏会一次次地跳槽。在干旱季节，它会把自己的根拔出来，全身蜷缩成球状，随风飘滚移动。遇到湿润有水的地方，它就安营扎寨，恢复舒展成原状。对新环境不满意时，它会再次跳槽，卷铺盖走人。

想一想，卷柏，这位植物界的跳槽者真是洒脱。趋利避害是所有生物的本能。三十六计，走为上计。当自己不适应环境而又不可改变时，离开或许是最好的选择。与其被动耗下去，不如主动挪一挪。挪一挪，就有新机遇，就有新希望。

黄 杨

到江苏洋河酒厂参观，在厂里的地下酒窖门口，看到一株树，高达数米，树冠亭亭如盖，被大理石和不锈钢栏杆护持着，彰显出特别与尊贵。导游介绍说这是一株树龄达三百余年的黄杨，已被列为古树重点保护。

黄杨属常绿灌木类，别名山黄杨、千年矮、小黄杨、百日红、万年青等，喜阴喜光喜湿，耐旱耐热耐寒，耐修剪，易成型，多作篱墙和盆景。常见的黄杨多在路畔庭院案头，被修剪得整整齐齐，凹凸有致。见到这么大个头儿的黄杨，同行者皆说是首次，连连称奇。我诗兴勃发，感而赋《浣溪沙·黄杨》一首："匍匐庭边并路边，献绿月月复年年，被人扭曲被人剪；莫云此木不雄起，百年磨洗亦参天，被人护持被人赞。"

是啊，要想摆脱被人扭曲、修理、践踏的命运，得到别人的重视、追捧和尊崇，就要像这株黄杨一样，栉风沐雨，顽强向上，长成大树，秀于众林。

孤品梅花

只有早春的清冷才适合梅花，那热闹的小阳春
三月和人间四月天是众花们的事情。

◎雪小禅

　　杭州有两个地名叫得十分孤绝，绝无仅有地好。一为"断桥"，二为"孤山"。一个"断"字念出来，心有碎意；一个"孤"字读出来，傲意凛然。

　　当然，去孤山，也是去访一位古人。

　　林逋，人称"梅妻鹤子"的林和靖。

　　终身不婚，总是一袭白衣，作诗后随就随弃……人都说林和靖性孤高自好，喜恬淡。曾漫游江淮间，后隐居杭州西湖，结庐孤山。

　　南宋大圣人朱熹称誉："宋亡，而此人不亡，为国朝三百年间第一人！"

　　又说他常驾小舟遍游西湖诸寺庙，与高僧诗友相往还。每逢客至，叫门童子纵鹤放飞，林逋见鹤必棹舟归来。

　　他独喜梅花，以梅为妻。暗香浮动里，他曾写道："吴山青，越山青，两岸青山相送迎，谁知离别情？君泪盈，妾泪盈，罗带同心结未成，江头潮已平。"这又是写给哪一朵梅花呢？张岱在《西

湖梦寻》中说，南宋灭亡后，有盗墓贼挖开林逋的坟墓，只找到一方端砚和一支玉簪。簪子——这是哪个女子头上的簪？可以化成坟墓里骨边的相思？

也只有这样的人，才配得上在孤山上居住吧？

也只有这样的男子，才称得上一品梅花吧？

向来，不喜那硕大而富丽的花。牡丹、芍药、玫瑰……喜那小小的羞涩的花，梅、蔷薇、丁香……它们含蓄、内敛、不动声色、低调、委婉、清丽，带着一种寡淡的表情，不艳之艳，不色之色，不豪夺人目，却又豪夺人目。

而梅，是翘楚。

孤山的梅，带着毒一样的芬芳，在清凉的早春二月，慈悲而开。

西泠桥下，是冻了一个冬天的残荷。孤山脚下，是白梅、红梅、姜梅。有点儿挣扎地开了，凌寒，独自。寒塘中，还有那单脚独立的鹤。"孤山梅影照残荷。"此时，乍暖还寒，冬意仍然冷俨俨，燕子还未衔春泥。可是，孤山的梅开了。

开始总有点儿小心翼翼吧，生怕得罪了谁，小小的一骨朵儿，又一骨朵儿，像一骨朵儿又一骨朵儿的寂寞。可是，不行了，要开了，爆烈地开吧——不过几天，纷至沓来的梅花全开了，开得很放肆。你嘲笑我吧，你嫉妒我吧，在一片灰色中，在薄雪的凉意中，孤山上的梅，怒开了。哪怕为了自赏，哪怕只为孤山而开。

就像林和靖，也许他未必要人懂得他。他有他的梅妻，他有他的鹤子，有他的孤山雪庐，足矣。——有的时候，人生只需要这样多。

有人说他隔世二十年，每天素色布衣裹身，然后读诗书作画。

一个人内心强大时，即使孤绝亦是富饶。长期与世隔绝，会形成一种特别独特的气场：清冷幽静，闲淡浑远，孤峭淡泊。

林和靖，他这样写梅花："疏影横斜水清浅，暗香浮动月黄昏……"他这样写鹤："鹤闲临水久，蜂懒采花疏……"少留文字，画不传人。孤绝的人就是一朵清梅，开得早，只为了与早春劈面相逢。只有早春的清冷才适合梅花，那热闹的小阳春三月和人间四月天是众花们的事情。独占枝头，哪怕开得并不夺人眼目。

选择孤山看梅，也是暗合了某种心情吧？"你若来了，便是春天。"安静地坐在残荷池边发呆，近处是冷梅，远处是残荷，都美到极致。美到极致的东西，让人心生慈悲、心酸哽咽。

就这样发着呆。身边有几个摄影师，他们用长镜头一直在拍。

以为他们在拍梅或者残荷，但不是。他们在拍残荷上发呆的鸟儿。

那是一种叫"小翠"的鸟儿。

"多美呀。"他们说，"小小的绿身子，翠绿翠绿的……"

"是呀。"我应和着。

其实我想说这残荷和冷梅有多美，这孤山有多美！可是我还是选择了沉默，沉默地选择和梅花相依。也许最后这些梅亦不能懂我。一个人到最后都是剩下这些寂寞和恐惧，对时间的恐惧，对人的恐惧——无论在人群中热闹还是独自孑立。

也不能过分要求梅花。它只负责在早春逼仄地开，只负责让别的花嫉妒，不能要求它太懂你。那个叫林和靖的男人亦是如此，到最后，他仍然埋葬了一支内心的玉簪——那永远不可说出的、也无法说出的秘密。

所以，就选择在一株梅前发呆吧，就选择告诉梅一个秘密吧。只一个就够了。

那是一个难以启齿的秘密，它悄悄地来了，又悄悄地走了。

梅，我唤你一声，便告诉了你。

你守住这个秘密，便守住了这个春天。

梅，我在孤山孤品了梅花，便知道，你是整个春天最大的秘密。